# 8月6日の蒼い月

爆心地一・六kmの被爆少女が
世界に伝えたいこと

橋爪 文
hashizume bun

コールサック社

橋爪文

# 8月6日の蒼い月

## ——爆心地一・六kmの被爆少女が世界に伝えたいこと

## 目次

爆心地から南方を望む。左の上部に元安川の川面が見える。
撮影／米軍　撮影年月／ 1945 年 10 月　提供／広島平和記念資料館

# まえがき

この本は、私の被爆体験をはじめ、ヒロシマやそこに生きた人びと、七十歳前後からの私の海外ひとり行脚、二〇一一年三月のフクシマを経て現在に至るまでのことを随筆風に書いたものです。過去に私が書いたものを、読んでくださった方々は、〝暗さがない〟、〝多くの体験記とは全く違う〟とおっしゃいます。

何故でしょう。

原爆被爆の惨状は筆舌に尽くせませんし、病苦と生活苦に耐えて生きてきた辛さも、私の筆では表現できそうにありません。

あるいは？

多分、それら極限に近い苦しみを越えたところにある何か、人知の及ばないところの何か。悲しい優しさ、愛のようなものが、私のなかに培われたのかも知れません。

18歳頃（1949年頃）の著者。
原爆ドームの中で。当時はまだドームの中に自由に立ち入ることができ、壁面には無数の落書きが見られた。
初めて配給された毛布で作ったった手縫いのスーツ。胸元の白いものはジレー（よだれかけのようなもの）。端布で縫った。

## [母方の家系図]

- 土井米一郎 ＝ キク
  - 初代（亡、心臓発作）＝ 友田修造（亡、がん）
  - 寅雄（亡、原爆死）＝ 松子（亡、病死）
    - 正晴（仲良しの従弟）
    - 正勝
  - 春子（著者の母 亡、脳梗塞、肺炎）
    - ＝ 田中豊（亡、病死）
      - 田中美津子（著者の姉、現在グループホーム在）
    - ＝ 金行正夫（著者の父 亡、大腸がん、脳出血）
      - 文子（著者）＝ 橋爪猛
        - 祐司
        - 浩
        - 康祐
      - 幹雄
      - 静子（亡、自死）
      - 英雄（亡、原爆死）
  - 熊雄（亡、病死）
  - 岩雄（引揚者 亡、病死）
  - 富子（被爆時銀行員、腎臓がんを含め大手術を10回もしながら健在）
- スエ ＝ 藤田一郎（建設業、三角家をくださる）
- ユハ（被爆の翌朝瀕死の著者が訪ねて行き、生きていることを知る）＝ 本田権平（証券会社）

昭和14年（戦地の父に送った写真）
母33歳、文子9歳、幹雄7歳、
静子5歳、英雄2歳。

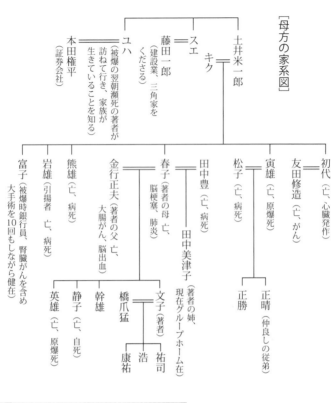

# 序詩

# 地に還るもの　天に昇るもの

その瞬間　鮮烈な閃光に土の粒子が総立ちした
数えきれない生命が塵となって宙へ消え去った

一灯もない広島に夜ごと星が降る
降りそそぐ星たちは
あのとき飛散した土の粒子
瞬時に消えたもろもろの生命だ
あおく　あかく　光を放ち　声を発して　地に還ろうとする　星
愛する人のもとへ　父の　母のもとへ
我が子のもとへ　生まれ育った大地へ

しかしそのとき
降りしきる星の光に洗われながら
今夜もいくつかの魂が昇天して行く

# 1　太陽が落ちた日

一九四五年（昭和二十年）八月六日、朝、家を出た私は空を見上げた。いつもと変わらない穏やかに澄んだ広島の青空だった。先ほどこの空に空襲警報のサイレンが鳴りわたり、すぐに解除になった。誤報だったのだろうか。庭の杉木立で目覚めたばかりの蝉がチッチッと鳴いている。今日も暑くなりそうだ。

私は十四歳、女学校三年生。学徒動員で逓信省（戦後は郵政省と電気通信省、現在は総務省・日本郵政グループなど）の貯金支局に勤務していた。私の家は、旧広島市内の北部広島城の近くにあり、一方、貯金局は市内の南部、日赤病院の近くにあった。そのため私は、毎朝一時間かけて市内を縦断し歩いて職場に通っていた。当時、学生たちは電車に乗ることを禁じられていたし、市民たちも二、三キロは徒歩が普通の生活であった。

朝、出がけに空襲警報のサイレンが鳴ったため一旦家に戻った私は、この日は普段より三十分ぐらい遅れて八時過ぎに職場に着いた。私はいつものように横手の通用門をくぐり、細い裏階段を上って三階の事務室へ入って行った。

貯金局は正方形に近い形の鉄筋四階建てで、はっきりと覚えてはいないが、一階は郵便局など、市民たちへの窓口事務を行っていたのではないかと思う。二階以上は、二貯、三貯、四貯と呼ばれて、貯金支局としての業務が行なわれていた。私は三階の三貯に配属され、仲良しの友人たちは二貯と四貯勤務だった。各階（多分一階以外）の広い事務室の一角の上部は原簿庫となっていた。原簿は非常に重要なものなので原簿庫は堅牢に造られていて、その中には天井まで届く本棚のような棚に、郵便貯金者の名前が音順に台帳がびっしりと並べられていた。その棚は、人が二人すれ違えるくらいの間隔で、原簿庫いっぱいに並んでいた。

私たち学徒の仕事は、出勤後先ず前日各郵便局からあがってきた郵便貯金の伝票の束を持って、事務室内にある階段を上って原簿庫に入り、伝票の氏名を確かめながら、原簿を抜き出す仕事から始まる。夕方は処理の終わった原簿を元の位置に戻して勤務が終わるのだった。昼間の空いた時間は、逓信省独自の算用数字の練習と雑用だった。

貯金局では月一回だったたか、職員が一堂に集まりソロバン大会が行われた。毎回、ずば抜けて一番になる友柳《ともやなぎ》さんという女性がいて、私が配属された部署の人だった。友柳さんは素朴といってもいいくらい自然体で物静かな人だった。何がきっかけだったのか、私は昼休みなど時間のあるときは彼女に教わってソロバンの練習に励んだ。この友柳さんが、被爆の際、私の命を救ってくださったのである。あの日、あの時、私の友人たちは原簿庫に入っていて無事だったという。彼女たちは、貯金局に近い南部に家があったので、早く出勤できたのだろう。前日、蜜柑の缶詰が学徒たちに一個ずつ配給されていた。当時は蜜柑の缶詰などは贅沢品として、普段は手に入らない貴重品だった。私の家では、集団疎開で山間のお寺へ預けてある私の弟妹の面会日のお土産にするといって、母が大切に戸棚にしまい込んでいた。

出勤した私は、先ずその代金を持って係長のところへ行った。係長の席は窓を背にした窓際にあった。私が係長に近づき、代金を差し出した瞬間だった。目前の大きな窓が異様に強烈な光を発した。それは、やや北西方面からだったので私は一瞬、顔を向けてそれを見た。

閃光は、七色の光線の束が百も千も集まった鮮烈な放射光で、目が眩む美しさでもあった。

〈太陽が落ちてきた!〉

〈天体が狂った!〉

私はとっさに、そう思った。

気がつくと、私は真っ暗で窮屈な場所にしゃがみこんでいた。失明したと思いながら、日ごろ訓練を受けていた空爆を受けた時の姿勢――眼球が飛び出さないように両手の人差指と中指で両瞼を押さえ、鼓膜の破裂を防ぐために両親指で両耳穴を塞ぎ、腹部の破裂を防ぐために腹這う――をとろうとしたが、腹這うスペースはないようだ。

私は、目と耳を強く押さえたまま、身を固くして、じっとしゃがんでいた。物音ひとつしない異様な静寂が、周囲に立ち込めていた。しばらくすると、私の右手に、ねっとりとした生温かいものが伝ってきた。上の階に油脂焼夷弾（ナパーム弾）が落ちて、油がしたたり落ちてくるのだろうか……。

私は、火の海になっているにちがいない、上の階の広い事務室の中を逃げ惑うクラスメートたちを想像し、案じながらなおも身を縮めてしゃがんでいた。右手から肘にかけて伝う生温かく、ねっとりとしたものの量が、どっと増してきた。私はそっと目と耳から手を離してみた。闇が動き、かすかに目が見える。

私は、ゆっくりと両手を目の前に広げてみる。手のひらには、べっとりと血がついていた。右耳の上部から流れてくるようだ。怪我をしたらしい。私の机の中には救急袋がある。私はそれを取りに行こうと立ち上がって、唖然とした。あたりには、もうもうと塵埃が立ち込め、部屋中の机、椅子、書棚などが、ひっくり返されて散乱し、重なって山積みになっている。私は、広い部屋の中央の柱の根元にいるようだ。窓際からここまで、はじき飛ばされたらしい。

私の机はどこだろうか。山積みになっている机や椅子などを、よじ上り掻き分けて、やっと自分の机を探し当てた。急いで救急袋から三角巾を取り出して、私が右頭部に当てたとき、「逃げろ！」誰かが、かすれた声で叫んだ。

すると、薄墨《うすずみ》を流したような塵煙《じんえん》のなかから、黒い人影が一人、また一人と立ち上がって、のろのろと出口の方へ向かって歩きはじめた。私たちのいた三階の窓の外には高圧電線が走っていた。その電線が、絶ち切られ、螺旋《らせん》状になって部屋に飛び込み、部屋の南半分に何重もの輪をつくって吹き寄せられ、天井近くまで盛り上がっている。私の机は出口から遠い東北の位置にあった。電線の近くまでくると私はそっと手で触ってみた。感電しない。私は右手で頭の傷を押さえ、左手で電線をかき分け、くぐり抜けながら進もうとするが、ぐるぐる巻きの電線に足をすくわれて、思うように歩けない。何度目か転びかけた私の目の前に、ハッとするような白い顔があった。電線にからまり仰向けになって死んでいるその人の、蝋のように白い無傷の顔は、みんなから蒋介石《しょうかいせき》というニックネームで親しまれていた男性職員だった。坊主頭の形や顔が、中国の国民政府の総大将、蒋介石に似ていたからだった。私の全身を鋭く凍るような恐怖が走った。そして、これが、この日私がはじめて目にした死体であった。

やっと部屋を出てみると、三階の部屋から出た人、四階から下りてくる人、そのだれもが髪を振り乱し、全身灰を被ったように煤《すす》けて、亡霊のような姿だった。その人たちが、ひしめきあって階段に向かっている。私もその流れに入って階段にさしかかり、二、三段下りたあたりだったろうか、目の前に裸の子供が倒れていた。衣服は爆風で飛ばされたのだろう。子供のお腹は裂け、うす桃色の腸が、もこもこと噴き出している。お掃除のおばさんの娘で、四、五歳、ユキちゃんと呼ばれていたように思う。いつも母親とやってきて、はたきや箒《ほうき》を持ってお掃除の真似《まね》をしていた。ユキちゃんは色白で、くるくると愛らしく、人なつっこくて、職場のアイドルであった。特に女性職員たちは、当時は貴重品だった白粉《おしろい》や口紅でユキちゃんにお化粧をして、人形のように可愛がっていた。そのユキちゃんが裸で倒れている。ユキちゃんは、苦しそうに身悶《もだ》えをする。するとそのたびに、桃色の腸がもこもことユキちゃんの脇に盛り上がり、一瞬、立ち止まった私の目の前で、ユキちゃんのお腹の高さになっていった。

後《あと》から逃げた友人の話によると、ぼろぼろに怪我をした母親が、腸の垂れ下ったユキちゃんを抱いて階段上の広い床に立ち、「この子を助けて！　誰か、この子を助けてー！」と、おろおろしていたという。みんなユキちゃんをまたいで逃げている。人が二人すれ違えるくらいの狭い裏階段である。立ち止まった私も後から押されてユキちゃんをまたいだ。声に出して念仏をとなえながら。


このとき念仏が口をついて出たことは、その後の私が、自分のなかの宗教観を問い直すきっかけとなった。というのは、私は家父長制時代の長男の長女として生まれたため、忙しい大人たちの足手まといにならないように、幼いとき祖母に連れられて近くのお寺へよくお説法を聞きに行っていた。

祖母たちの話によると、「御印家《ごいんげ》さん」と呼ばれていたそのお坊様は、赤衣《あかぎぬ》か紫衣《しえ》の高僧だということだった。お説法はすべて、死後に「極楽浄土」へ行くためで、お説法を聞いた人たちは、心から感じ入った様子で、「なむあみだぶつ、なむあみだぶつ」と唱えながら帰路につくのであった。お説法は、幼児の私にも、よく分かるものであった。母たちの話によると、私は大変早熟だったようだ。一歳の誕生日前には、もう小走ることもできたし、何事も理解するのが早かったという。私は初めのうちは、おとなしく聞いているが、飽きてくると、本堂の廊下に掛けてある「極楽繪図」と「地獄繪図」を見に行くのが常であった。この二つの絵は「ごいんげさん」が説く、極楽と地獄を具象《ぐしょう》化しているのだが、幼い私の心に、さまざまな疑問を投げかけてやまないのであった。

〈これは本当のことだろうか……?〉

〈見てきた人があるのだろうか……?〉

〈死後の世界が本当にあるのだろうか……?〉

そして、その私の疑問をさらに増幅《ぞうふく》させたのが、大人たちの言動であった。私の目から見ると、お説法を聞いているときの大人たちは、みんな善人のように振る舞ったが、お寺を出て日常生活に戻ったときの大人たちは、人の悪口を言い、嘘をついている。

〈この人たちは、みんな地獄に行くのだろうか……?〉

こうして私は、人間の二面性を知り、また仏様《ほとけ》や、それを信じることに謎めいた興味を持ったのであった。ユキちゃんを跨いで逃げるとき、思わず念仏が口をついて出た私は、宗教というものをあらためて考えてみようと思った。戦後まもなく広島の焦土にやって来たのは、キリスト教の宣教師や尼僧たちであった。私はきびしい生活の中で、夜は聖書講座に通い、職場の昼休みの時間には、近くの尼僧の講話に通った。私があまりにも熱心なので洗礼をすすめられたこともあったし、結婚後、鎌倉に移り住んだときは、早朝禅寺に通ったこともあった。しかし、ついに、私は宗教では救われない人間だった。

狭い階段に殺到する避難者たち。気ばかり焦《あせ》ってなかなか前へ進めない。少しずつ進んでいると、階段の踊り場からだっただろうか、窓から街が見えた。なにが起こっているのだろうか？　左手の家並が、はらはらと将棋倒しに崩れていく……。やがて、右側が……。それは、現実とは思えない、儚《はかな》いほど不思議な光景で、私は自分が放心し、別世界に入っているように感じた。広島の南部の街は、このようにして爆風に弄《もてあそ》ばれながら、はらはらと崩れていったのであった。

貯金局正面の路上に集まった職員たちは全員亡霊のような姿で、自分たちの上に何が起こったのか分からず、ただ呆然と立ちつくしていたが、二、三人の人が私を見て、叫び声をあげた。私の手から肘《ひじ》を伝って流れつづける血は、たちまち私の足元に血溜まりをつくっていたのであった。すると、私と同じ係の女性職員、友柳さん（前述）が走り寄ってきて、私を抱えるようにして、向こうに見える日赤病院へ向かって歩きはじめた。貯金局と日赤病院の間は、建物疎開のため空地になっていた。ところが、燃えるものの何もないその空地のあちこちが、太い煙突から真っすぐに吹きあげる炎のように火を噴《ふ》き上げている。土が火を噴いている！

「火を消せー！！」

「火を消せー！！」

と走り回っている男性があった。私も、「水を……」と言ったが、友柳さんは、黙ってまっすぐに日赤病院へ急いだ。

日赤病院――その時の様子を表現する力は私にはない。そこは、悲惨の坩堝《るつぼ》だった。お腹が裂けて飛び出してくる腸を押し込んでいる人びと、その力もなくて、自分の腸を長く垂らしたまま、ひきずって歩いている人びと、全身の皮膚がちりちりに細くめくれて、灰をかぶったようになっている人、真っ黒く煤《すす》けた人、飛び出した眼球を押し込んでいる人……。みんな、顔や手が、焼け爛《ただれ》れて、赤黒く、でこぼこに、そして倍ぐらいに腫れあがり、目鼻もわからない人、人、人……。年齢も、性別も、判断できない、全身焼け爛れた人びとは、誰一人声もなく、焼けてボロ布のように垂れ下がった皮膚の両手を、胸の前に垂らして、ただ、よろよろと歩いている。頭髪（当時は、みんないがぐり頭だった）を頭の中央部分だけ残して丸く刈った同じ髪型の人が大勢いる。あの人たちはみんな床屋さんに行っていたのだろうか？　それにしても妙な刈り方だ。帽子をかぶっていた人たちは、帽子の部分だけ頭髪が残り、あとは顔や首や身体と同じように焼け爛れていたのだった。

〈これが人間だろうか。本当に人間なのだろうか?〉

〈どうして、みんな、こんな姿になったのだろうか?〉

〈何が起こったのだろうか?〉

〈これは現実ではない。私はきっと悪夢の中にいるのだ……〉

その悪夢の中に、また、ぞろぞろと、人間の姿を失った人びとが増えつづけるのだった。

友柳さんは、再び意識を失いかけた私を病院の待合室に運び、待合室の中程に横たえた。私はだんだんと意識がかすみ、瞼《まぶた》が下がり、目を開けている力がなくなっていった。友柳さんが、医師らしい男の人を呼んできたようだ。

「これはひどい！　大変な出血だ。眠らせると死にますよ」

そう言って医師の足音が去って行くと、友柳さんは大声で私の名前を呼びはじめた。

しかし、とろけるような心地よい眠りが、私を暗く深い谷底へ、すうっと吸い込んでいく。すると、遥か上の方から、友柳さんの呼び声が聞こえてきて、私を地上へ引き戻す。そしてまた、呼び声は、だんだん遠くなり、途絶えるかと思うと、遥か彼方《かなた》から、また、だんだん近づいてくる。執拗に襲ってくる睡りは、とろけるように心地よく、私は、〈このまま眠らせてほしい！〉と何度も思う。このようにして、どれぐらい時間が過ぎたのだろうか。消えかけた意識が呼び戻されるたびに、周囲に重傷者が増え空気が重苦しくなっていくのを体感していた。

しばらくすると、急に人びとが騒ぎだした。敵機が再来したという。友柳さんは私の体を持ち上げ、引きずるようにして地下室へ避難した。私の両足が引きずられて、一段、一段と階段をすべり下りていくのを感じていた。

私の意識は朦朧《もうろう》としていたが、傍《かたわ》らに友柳さんの同僚の女性二人がいるらしく、友柳さんと彼女たちの話し声が、遠くなったり、近くなったりして聞こえてくる。

――何が突然起こったのだろうか？

貯金局に爆弾が落ちたのだろうか？

空襲警報も解除になったのに、どうしてこんなことになったのだろうか?……そんな話をしていたようである。私は目を開こうとするが、その小さな試みさえ、すぐに意識を遠くしてしまう。

どれくらい時間が流れたのだろうか。私は、眠ったり、醒めたりしていたようだが、からだの深いところに、わずかに力が蘇《よみがえ》り、かすかに口をきくことができるようになってきた。

「いったい、なにが、あったのでしょう?」

かぼそい声だったのだが、友柳さんは、私が一命をとりとめたことを知ったようだ。彼女は、うれしさに声をあげて泣いた。そして、もっと何かを話そうとする私を、「いいのよ、いいのよ」と、母親のように、いたわってくれるのだった。私のことに安堵《あんど》すると、彼女は急に自分の母親のことが気がかりになってきた様子だ。

「私、一度家に帰ってみるわ。母の安否が分かったら、すぐに戻ってくるから、ここを動かないでちょうだいネ。必ず戻ってくるからネ」

言いふくめるように私に向かって繰り返し言い、二人の同僚に私のことを懇々《こんこん》と頼んで立ち去っていった。私は話したかった。口をききたかった。しかし、さっきの、わずかな呟きで、私の力は、再び、すうっと消えて行って、「ありがとう」のひと言も言えなかった。私は、彼女に対する深い感謝の気持ちと、彼女が去って行く心細さで、胸がいっぱいになりながら、遠ざかって行く友柳さんの足音を耳で追ったのであった。

友柳さんがいなくなった後は、私は、もう目を開けようと試みることもなく、口をきこうともせず、ただ横たわっていた。その私の耳に、傍らの女性たちの話し声が、遠く、近く、さざ波のように、とめどもなく聞こえていた。ささやくようなその話を聞きながら、私は眠ったようである。


「病院に火が廻ったぞ！」

「みんな逃げろ！」

あたりが騒然とし、焦《こ》げ臭いにおいが立ち込めて目が醒《さ》めた。

「この子を、どうしましょう……」

「とても連れて逃げられないわ」

「でも、あれほど友柳さんに頼まれたのよ」

「だけど……私たちだってこの大怪我のからだで逃げ通せるかどうか、わからないのよ」

「どうしたらいいかしら」

「…………」

傍の二人は、私のことで困っている様子である。

私の体の中には、自分が命をとりとめた実感が、わずかだが湧いてきて、かすかに声を出すことができた。しかし、とても体を動かす力はない。

「どうか逃げてください。私は動くことができませんので」

「でも…………」

「いいんです。お願いです。私を、ここに置いて逃げてください」

二人は、しばらく、躊躇《ちゅうちょ》していたが、

「ごめんなさいね」

「ほんとうに、ごめんなさい。

私たちが元気だったら……」

「私たちも、こんなに怪我をしていて、あなたを連れていけないの。ごめんなさいね」

二人は何度も何度も、詫《わ》びながら私から離れて行った。

彼女たちは逃げのびられたのだろうか。


地下室には、もう誰もいなくなったようだ。がらんと静まった空間に、薄い煙がただよっているのを感じ、焦げるにおいの中で、私はただ横たわっていた。突然、焦げ臭いにおいが、強く鼻を突いた。いよいよ火が回ってきたようだ。私は、うっすらと目を開けることができた。左奥から明かりがさしている。あそこが出口なのだ、と思いながら眺めていると、新しい煙が風に押されるように入ってきはじめた。白煙は、初めはうっすらと羽根のように、そのうちに、だんだんと濃く黒くなり、そして一挙に入道雲のように力強い塊《かたまり》となって、わっと飛び込んできた。

〈あの煙の塊が私のところにきたとき、私は死ぬんだな〉

私は静かに死を待った。苦しみも痛みもなく、恐ろしさもなかった。死がすぐそこに来て、私は自然にそれを受け入れるだけであった。

黒煙の塊が私の傍までやってきた。するとその中に、つと人影が走り、大声で叫んだ。

「まだ誰かいるのか！　いたら逃げろ！」

その激しく強い声の勢いに押されるように、私は、ふわりと立ち上がった。足の裏は床を踏んでいる感覚はない。雲の上を歩くように、心もとないが、私がふわり、ふわりと出口らしい方向へ歩いて行くと、煙の中を向こうから、同じように、ふわふわと、こちらへ近づいて来る者がいた。異様な雰囲気をもつ者で、近づくにつれて凄惨《せいさん》な顔かたちが見えてきた。長い髪を振り乱し、蒼白な顔の半面は鮮血でべっとりと濡れ、その上にも長い髪の毛が垂れ下っている。その下から、おののくような空虚な目が、こちらをじっと見つめている。私は思わず両手で顔をおおって立ち竦《すく》み、相手の襲来を覚悟して待った。しかし、相手は襲って来なかった。私は指の間をそっと開いて、恐る恐る相手を見た。すると向こうも、指の間から、こちらを怖々《こわごわ》と見ているではないか。私は近寄って行き、手を伸ばすと壁に突き当たり、そこに鏡があった。こうして私は、そのときの自分の姿を見たのであった。


煙の中を這って、階段をのぼったような気がする。地上に出た。病院の玄関まで行ったところで、偶然、家の近所のおじさんを見つけた。おじさんは病院入口の石段に立って、表の方を見ながら、何やら白い綿のようなものを千切っては、自分のからだに張りつける動作を繰り返している。奇妙に思いながらも、私は、知っている人に会えたうれしさに、思わず声をかけた。

「おじさん、文子です。金行《かねゆき》（私の旧姓）の文子です」

おじさんはちらりと私を見たが、すぐにまた綿を千切っては自分のからだに張りつけはじめた。

「おじさん、何をしてるのですか？」

おじさんは、またちらりと私を見たが、黙って向こうへ行ってしまった。このおじさんとは、戦後もずっと近所で暮らしたが、お互いに八月六日のことには触れなかった。母の話によると、おじさんは肺炎で八十一歳の人生を閉じたという。母の小学校の同級生であり、古い友人だったという。


おじさんに置き去りにされた私は、病院の庭へ出て行った。土の上に座って、並んでいるような五、六人が在った。治療をしてもらう列だろうか。私はその後ろにぼんやりと座った。ぼんやりと座って、街の方を眺めてみる。いったい、何が起こったのだろうか。今朝までそこにあった街は消え失せている。見渡す限り平らになっている。私は何度も瞬《まばた》きをして、自分の目を確かめた。やはり街は消えている。これは現実なのだろうか？　私はまだ悪夢の中にいるのだろうか？

私が周囲に目を移すと、私のまわりには、黒い塊《かたまり》となって動かない人間たちや、全身焼け爛《ただ》れて赤黒くなり、ふくれあがって、顔の前後も、性別や年齢もわからない人間たちが、ごろごろと横たわっている。亡霊のように徘徊する人びとも、地面に横たわっている人びとも、みんな襤褸《ぼろ》のような姿で、本当に、一個ずつの襤褸布の塊のように押し黙り、孤独である。

これは、人間ではない。私は、やはり悪夢の中にいる。私は、もう一度、街を眺めた。母、母は、どうしているのだろうか。もう夕方なのだろうか。色を失った風景。その遠い向こうに、母がいると思う。

私は、私の前に座ってやはり街の方を眺めている男性らしい人の背中に声をかけてみた。

「白島《はくしま》の方は、どうなっているのでしょうか？」

しかし、その人は呆《ほう》けたように街を眺めているだけで何の反応も示さなかった。すると、

「白島のどのあたりですか？」

私の後ろに座っていた少年が声をかけてくれた。

「白島には僕の親戚がいます。村井といって」

「村井さん？　村井さんは、私の近所ですが……」

それから何を話したのだろうか。突然、

「きみ、いくつ？」

少年が私に年齢をきいた。

「十四歳」

すると彼は、急に黙ってしまい、潰《つい》えた街の遠くへ目をやったまま、もう何も話さなくなってしまった。座って並んでいたみんなは誰も治療を受けなかったし、それを求めているふうでもなかった。

ただ、ぼんやりと座って街のあった方を眺めているだけであった。

やがて日赤病院にも裏手から火が廻ってきた。歩ける人たちは歩いて、這《は》える人たちは這って逃げた。崩れ、潰れ、消えた街が炎になっていった。私は歩く力も這う力もなく、逃げる気持ちもないまま、少年に助けられて、日赤病院の前庭の植え込みの中へと身を移した。少年は額《ひたい》に負傷していた。胸にも傷があるらしく、上半身裸の胸に、血のにじんだ布を斜めに掛けていた。彼は歩くことができた。しかし、なぜか彼は逃げる気持ちは全くないようだった。

夜になった。重くよどんだ闇の中を担架《たんか》で避難させられる人たちがいた。当時、日赤病院は軍部に使われていたのだろう。担架で運ばれる人たちは、みんな兵士たちのようだった。

「軍医どの！」

「立てるか？」

「はっ！」

立ち上がったようである。

「よし。そのまま火のない方へ向かって歩け。立ち止まるな！立ち止まったら、おしまいだぞ！」

「はっ！」

闇の中から、また別の声があがった。

「軍医どの！」

「腹の手を離せ」

「手を離すと、腸がはみ出すのであります！」

この兵士は、置いていかれたようであった。闇の中に横たわる人びとの口からは、苦痛の呻《うめ》き声が洩《も》れたが、兵士のほかには、助けを求める声はなかった。逃げた人たち、担架で救出されて行った人たちは、果たして生きのびることができたのだろうか。


その夜、潰れ果てた街は、夜を徹して燃えさかった。日赤病院も裏側から猛火に襲われ、鉄筋の建物の窓々は雄叫《おたけ》びをあげながら太い炎を噴いた。

火は風を呼び、風は火を呼んで、天のとどろきと地鳴りのような轟音があたりに響きわたり、この世のものとは思われない黄金の業火《ごうか》が、私たちの頭上に猛《たけ》り狂っていた。私たちは植え込みの低い木の下に身を寄せ合って、言葉もなく、ただこの凄まじい光景を眺めていた。黄金色の天からは、絶え間なく金の火の粉が降りそそぎ、私の耳もとで、植え込みの松の葉がパチパチと弾け、私の髪の毛もチリチリと音をたてて燃えた。彼が、どこからかシーツを拾ってきた。一枚のシーツを二人でかぶって火の粉をよけながら、私たちは、ただ黙って炎の狂宴に見入っていた。私は、生きることも、死ぬことも考えていなかった。すべては天が決めてくれるだろう……。

やがて彼が、静かに自分の名前を告げ、私の名を尋ねた。彼の名は、飯田義昭。十六歳。

「ヨシは忠義《ちゅうぎ》の義、アキは昭和の昭です」

「趣味は？」と聞いた。

「読書――」私が答えると、

「僕も読書。そして音楽です。音楽は神の言葉です」

彼の話は静かに続いた。


彼は今朝、妹と二人で自宅にいて被爆した。崩れた家屋の下から自分はどうにか這い出すことができたが、妹が見つからない。妹は崩れた家屋の深い底にいるようで、かすかに声がするが姿は見えない。彼は懸命に、壊れた屋根や壁などを取り除き妹を掘り出そうとするが、屋根は自分の家のものと、隣家のものとが二重に覆いかぶさっていて、さらにその下に壁があった。


昔の日本家屋の壁は、「木舞《こまい》」といって、細く裁《た》ち割った竹を、縦横に組み合わせて藁で編んだ上に、二重、三重に壁土を塗って作ってあった。この壁を素手《すで》で破ることは不可能である。しかも妹は、声はするが、姿は全く見えてなかった。必死になって掘り出そうとする彼の周囲に、火が回ってきた。崩れた家の下から、妹が叫ぶ。

「熱い！熱い！お水をかけて！」

彼は近くの防火用水槽から、バケツに水を汲んできては、妹の声のするあたりに、ざぶざぶとかけた。その彼に、姿の見えない妹が、息たえだえに言った。

「ありがとう……」

火は足元までやってきていた。

その炎の下から、妹がきれぎれに叫んだ。

「兄さん、逃げてちょうだい！お願い！早く逃げてー！」

そこまで話して、彼は絶句した。

しばらくたって、ぽつんと言った。

「妹は、十四歳でした」


彼は逃げる途中、やはり倒れた家屋の下から助けを求めていた近所のおばさんを掘り出した。そして、足に怪我をしていたその人を背負って、川原にたどりついた。川原には大勢の人が避難していた。彼は、おばさんをそこにおろして、一人で水の中を歩いて川を渡った。広島の川には干満がある。そのときは干潮だったのだろう。彼の家は市内南西部の河原町にあるといった。彼の母は主婦動員として、市内最南端にある軍港、宇品町の工場で働いているという。母の所に向かった彼は、元安川を歩いて渡ったのだろう。ここ日赤病院の前までくると、大勢の人が集まっていたので、入ってみたという。額と胸に大傷を負っている彼自身の体力も限界にきていたのかもしれない。

穏やかな、静かな話し方だった。炎に照り映《は》えている彼の顔には、苦痛の極を超えた者の静けさがあった。私も何か話したのだろうか。彼の静かな話し声を聞きながら、私は嬰児のように安らかな眠りに誘われていったのであった。寒くて私は目が醒《さ》めた。頭上の炎は去り、黄金の明るさも消えて、あたりは闇に沈んでいた。重い闇の底を埋める屍《しかばね》、その中から湧いて、地を這う瀕死《ひんし》の呻《うめ》き声……。私の体の上には、二つ折りにたたんだシーツが掛けてあったが、傍らに彼はいなかった。私の体の中を、寒さと恐怖がつらぬいた。今朝から、初めて私を襲った恐怖感だった。

〈彼はどこへ行ったのだろうか……〉

いまは、ただ彼のみが、私のよりどころであり、彼がいないことによって、私の恐怖感は、ますます耐え難いものとなっていった。私は彼を探そうとしたが、立って歩く体力はない。座ったまま、目で彼の姿を探した。しかし、彼の姿は見当たらない。

〈呼んでみよう〉

〈でも、何といって呼ぼう〉

私は口の中で、小さく〈お兄さん〉とつぶやいてみた。

そして、今度は大きな声で、

〈お兄さあーん〉と呼んでみた。

するとその声は、屍と瀕死の人びとの上を、なまなましい生きた人間の声となって、不気味に尾を引きながら、闇の中を遠ざかって行った。私は、その恐ろしい自分の声に怯《おび》え、もう二度と呼ぼうとはしなかった。病院の待合室の奥の方が、まだ燃えている。あかあかとしたその空間に、影絵のように黒いひとつの人影があった。彼だった。何をしているのだろうか。ゆっくりと動いている。彼は、片手に薬缶《やかん》を持ち、水を求めて死んでゆく人びとに、一口ずつ水を与えて歩いているのであった。かがんでは立ち上がり、二、三歩、歩いては、またかがむ。優しく悲しげで、そして終わることのないその動作。

「音楽は神の言葉です」

と言った彼の姿に、私は神そのものを見た。いま、この地上で、立って歩いている人間は、彼ひとりであった。彼がいたことに安心したのか、私は再び眠った。

次に目覚めたときは、夜明けだった。とても寒かった。青く湿った朝靄《もや》と、くすぶりが立ち込めた中に沈んだ残骸の街。まるで深海の底にいるようだ。あたりに立ち込める紫の靄と、やや青みがかった灰色のくすぶり。ただ、ただ静寂。微動する生物すら、全くいない。死の街の夜明けだった。

傍に彼が静かに眠っている。蒼白なその顔、額には一筋の血痕が黒く凍りついている。

〈死んでいる！〉

私の胸を恐怖がつらぬいた。額《ひたい》に、そっと触ってみる。氷のように冷たい。鼻と口に掌を当てて、息づかいを確かめてみる。——ない。はっとした私は、彼の裸の胸に自分の頬と耳を押し当てた。深い底の方で、かすかに鼓動の音が聞こえてくる。

〈生きている！〉

痛いほどの喜びが私の心を突き上げた。すると彼は静かに目をあけ、かすかに微笑《ほほえ》んで私に言った。

「僕は、もう、駄目です。もし、あなたが、生きのびることができたら、母に伝えてください。僕が、ここで死んだことを。母は宇品《うじな》の軍需工場に勤めています」

「死なないでください！　お願いです！　生きてください！」

しかし彼はもう一度
〈もうだめです〉というように、わずかに首を振り、ふたたび眠りに落ちていった。

その寝顔には悲しみの色はなく、疲れや、苦痛の表情もなかったが、私は不安でたまらず、じっと彼を見つめていた。彼は静かに眠りつづけ、かすかだが呼吸も聞こえてきた。それはすべてのものを受け入れるような、穏やかな眠り。一九四五年八月七日の広島の夜明けだった。

周囲が次第に明るくなってきた。縹渺《ひょうびょう》とした朝靄《もや》のなかを、襤褸《ぼろ》のような人間たちが、一人、二人と、日赤病院に戻ってきた。私はふと強い喉の渇きを覚えた。ずっと前から、何か月も前から喉が渇いていたような、そんな気がする。異常な渇き。

〈どこかに水がないだろうか……〉

私はそっと立ち上がってみた。立てた！！　右足をそっと前に出してみる。今度は左足を。歩けた！！　私は、ゆっくりと植え込みの中から出て行き、丸い植え込みに沿って、よろよろと歩いて行った。

すると、ちょうど植え込みを半周したところに撒水栓が見えた。私がのろのろと近づいて行くと、ひとりの大きな男の人がやってきて、撒水栓の上に体ごと、かぶさるようにして水を飲みはじめた。獣《けもの》のように、がぼがぼと大きな音を立てて、水を飲んでいる。その頭は、三日月型に大きく割れて、赤茶けた粘っこい脳味噌が、ひくひくひくと規則正しく動いているのが見える。

〈この人は、これでも生きている！〉

私は感動に似た驚きをもって、その人が水を飲み終えるのを待っていた。

私のすぐ後ろで、ひとりの男の人が大きな声で誰かの名前を呼びながら探し歩いている。地面を埋めて横たわる人びとは、年齢も性別も分からないほど焼け爛れていたので、こうして名前を呼ぶ以外にはないのだろう。振り向く体力のなかった私は、遠ざかるその声を聞きながら、父も、このようにして私を探しに来てくれないだろうかと思った。実は……　それが父だったかもしれないのだ。

後日、父から聞いた話によると、そのとき父は私を探して日赤病院に来ていたのだった。その朝父は、まだ明けやらぬ街の燻《くすぶ》りのなかを縫《ぬ》ってまず貯金局へ行ってみたという。

貯金局には男の人がいて、

「女学生？　ああ、あの学徒の生徒たちは、みんな、似島《にのしま》へ運ばれました」

と言い、父が何を尋ねても、それ以外は何も分からなかった。似島は、貯金局からずっと南下した瀬戸内海に浮かぶ小島だ。その島の美しい形から、瀬戸富士とも呼ばれていた。

父は、今朝日赤病院へ来るまでの市内の惨状を見て、絶望的になっていた。その上、似島へは船で渡らなければならない。白島に、重症の弟、母、祖父母一家を残している。

〈似島へは、日をあらためて行こう〉

でも、〈あるいは日赤病院にいるかもしれない〉

父が日赤病院に入って行き、前庭の植え込みの撒水栓のところまできたとき、ひとりの大きな男性が水を飲んでいた。ふと見ると、その頭が大きく割れ、中から脳味噌が見えている。

〈気の毒に……　この人は、あと二、三日と、もたないだろう〉

父は、そう思ったと言う。日赤病院の庭に、ごろごろと横たわっている人びとは、ぼろぼろに焼け爛れて、衣服も着けておらず、顔の識別もできない状態だった。それで父は、私の名前を呼び始めたそうだ。すると、やはり家族を探しにきたらしい男性が、父にならって名前を呼び始めたという。私が耳にしたのは父の声だったのか、あるいはその人の声だったのか、朦朧《もうろう》として辛うじて生きている私には、それを聞き分ける力すらなかった。ただ、頭の割れた大きな男の人を同じときに、同じ場所で見たことを考えると、その声は父だったと思う。父は私の傍を通ったことになるが、あのときの私の容姿では、我が娘とは思わなかったに違いない。私も、声の方を向く体力さえなかった。

　私は水を飲んだのだろうか。飲まなかったような気がする。突然、激しい腹痛に襲われた私は、物影を探してそこを離れた。物影はなかったが、少し離れたところでひどい下痢をした。それが、私の最初の原爆症状であった。向こうの方に荷車がきていて、何人かの人が集まっているので、のろのろと近づいてみると、カンパンを配っていた。父が日赤病院にたどりついたとき、この荷車がやってきたところだったという。カンパンというのは、ビスケット状の堅く焼いたパンで軍用の保存食であった。空腹感は、まったくない私だったが、飯田さんと私、そしていつ会えるかわからない弟のために、三袋もらった。小学生一年生だった弟は、当時だれもがそうだったように、いつも、いつも飢えていた。

　毎日の食事も、大豆油をしぼった大豆粕だけになっていたし、それですら満腹にならない日々であった。肉、魚はもちろん、砂糖や、甘いもの、菓子などは口にしたことはなかった。弟に、このカンパンを食べさせたら、どんなに喜ぶだろう。弟の痩《や》せて日焼けした顔と、くりくりとした目が、嬉しそうに笑うのが見えるようだった。しかし私は、この小さく軽い二袋のカンパンすら持つ力がなかったのだろう飯田さんのもとに戻ったときは、手に何も持っていなかった。

　彼も私を探していた様子だった。私の姿を見ると、ほっとしたように近寄ってきた。私は、彼が元気になっているのが、とてもうれしかった。

「僕の母が勤めている宇品の方は、焼けていないかもしれません。これから、そこへ行って、傷の手当てをしましょう。あなたの体力が少し回復したら、僕が白島《はくしま》まで送って行ってあげますから」昨日から彼だけを頼りにしていた私は、素直に彼に従って病院を後にした。

多分、昨日のどの時点かで、私はブラウスを脱ぎ捨てたのを、おぼろに覚えている。びっしょりと血を含んで、血生臭く、重くなったのが、体力的にも支えられなくなったのであった。しかし、少女の私には、もんぺ（ズボン）だけは脱ぎ捨てることはできなかった。

そのズボンが、血糊《ちのり》でかちかちに、板のように固まっていて、動くたびに足の産毛《うぶげ》に触れて痛い。私は両手で、ズボンが肌に触れないようにつまみあげながら、一歩、一歩を進めた。

日赤病院の前には、広島文理大学があった。文理大学の建物は昨夜、私たちの目の前で燃え落ちていったが、彼は、ぐんぐんと瓦礫《がれき》を踏んで構内に入って行き、焼け跡の一か所に立ち止まって、長い時間うつむいて佇《たたず》んでいた。体力のない私は、道に残って、彼のその物思いに沈んだ、淋しく、悲しそうな姿を眺めていた。

私が喉の渇《かわ》きを訴えたのだろうか。彼は牛乳瓶の首に紐《ひも》をつけ、ぶら下げて歩いていて、破れた水道管から水が噴きだしているのを見つけると、瓦礫を踏んで水を取り替えにいった。しかし、二人は一口も水を飲まなかったと思う。広島電鉄前の電車通りに、一頭の馬が倒れて死んでいた。若馬なのだろう。傷ひとつない艶《つや》やかな美しい毛並みだ。

〈怪我もしていないのに、なぜ死んだのだろうか？〉

ぼろぼろに焼け爛れて死んでいった人間たちを、昨日から、どれだけ多く見てきたことだろう。馬の美しい死体に異様な戦慄を覚えて立ちつくす私を、彼は静かに促して歩き始めた。広島電鉄の裏の方、御幸橋《みゆきばし》の近くの家が、数軒、焼け残っていた。母の叔母（ユハ）の家があるあたりだ。私は彼に御幸橋のたもとで待ってもらって、ひとりで叔母の家へ行ってみた。叔母は、壊れた家屋の隙間で生きていた。頭に真白い包帯を巻いていたが、昨日から黒く焼けたものしか見ていない私の目には、その白さが痛かった。叔母は私を見ると、へなへなと崩れるようにその場に座り込み、わなわなと震えながら後ずさりをはじめた。叔母は私を幽霊だと思ったのだそうだ。

三十分くらい前、私の父が叔母を訪ねてやってきて、

「どうしても文子を見つけることができませんでした。今日はもう諦めて帰ります。家族と土井（母の実家）のみんなは、負傷していますが生きています。消息が分からないのは、文子だけです」

と言って帰ったばかりだという。

〈みんな生きている。母が生きている！〉

私は、たまらなく母に会いたくなった。飯田さんは、御幸橋のたもとで私を待っていた。

事情を話し、

「これから白島に帰ります」と言う私を、彼は強く引き止めた。

「その体では、とても無理です。とにかく一度、僕の母のところへ行って、傷の手当てをしま

しょう。あなたが少しでも元気になったら必ず僕が白島へ連れて行ってあげますから」

確かに、焼け野原の向こうの白島よりも、彼の母がいるという宇品の方がずっと近かった。それに、宇品の方が焼け残ってもいるようだ。白島に帰るには、いまも燻《くすぶ》っている街を南から北へと縦断しなければならない。それでも私は、どうしても母に会いたかった。

「そのからだでは、絶対に無理です」

彼は私を説得し続け、私はどうしても帰ると言い張った。ついに彼は、諦めるしかなかった。

「これを……」

彼は、ズボンのポケットからジャックナイフを取り出して私に差し出した。私は、彼の手のひらの上のジャックナイフと、彼の顔を交互に見つめた。そして初めて、彼が若い男性であることを意識した。男女の交際は禁じられ、学生といえども、口をきくことすら不良行為と見なされていた。品物をもらうことなど、罪悪であった。私は、強く首を振った。彼は、もう一度ジャックナイフをのせた手を差し出した。私はふたたび頭を振って、彼に背を向けて走り出した。気持ちは走っていたが、たぶん、よろよろと歩いただけなのだろう。後ろから、不安そうな彼の叫び声がしたが、私はそのまま歩きつづけた。だいぶ歩いたところで振り返ってみると、彼は、まだ私に手を差しのべたままの姿勢で、橋のたもとに立っていた。

私は歩いた。ひたすら歩いた。見わたすかぎり焼け野原の街。黒々とした瓦礫の街のあちこちに、まだ燻煙があがっていた。その中に、細々と、白く道が続いていた。北へ、北へ、白島の方へ。私はとぼとぼと、その白い道の上を、ひたすら歩いた。歩みを止めたら、そのまま、そこに倒れてしまいそうな気がした。

行く手に、一本の電柱――当時はみな丸太棒でできていた――が立っている。瓦礫の街に、一本だけ立っている、黒焦げの木柱――木炭になった電柱が、なぜ倒れないで突っ立っているのだろうか？　私は一種の恐怖心をもって、電柱の傍《そば》を走るように――実際は走れなかったが――通り抜けた。

しばらく行くと、道端の防火用水槽のなかに、白骨遺体があるのが目に留まった。その遺体は、若い母子のようで、水槽の壁にもたれて両脚をのばした大人の白骨が、小さな子供の白骨を胸に抱いていた。二体とも、生きていたときの形のまま白骨になっていて、子供――多分嬰児――をかばうように、うつむいた母親の頭蓋骨には、優しく、悲しい表情すら漂っていて、私は強く胸を突かれた。

と同時に、〈何故この白骨は崩れないのだろうか〉と、不思議に思った。

木炭になったまま立っている電柱。生前の姿のままの白骨……。私は、自分が、また現実から遊離して、悪夢の中を浮遊しているような気持ちになっていた。よろよろと歩きながらも、私は防火用水槽があると、のぞき込んだ。どの水槽の中にも白骨遺体があった。水槽の内壁に寄りかかって、立ったままの白骨。水槽の隅に背を丸めた白骨。やっと水槽にたどり着いて、水槽の根元で焼けた遺体。上半身を水槽の中、下半身を外にして、水槽の縁《へり》に吊り下がっている遺体は、不思議なことに、上半身が白骨、下半身は半焼けで、衣服か、あるいは焼けてぶら下がった皮膚を、まとっていた。ただ——どの水槽にも、一滴の水もなかった。私は、憑《つ》かれたように水槽をのぞいて歩きながら、いまはもう祈る気持ちも消えてしまっていた。白神社《しらかみしゃ》、私たちは「白神さん」と呼んでいた——あたりから、遺体が見当たらなくなったようだ。

爆心地に近い、このあたりに遺体がなかったのは何故だろう、と私はずっと不思議に思っていたが、何年か前、原爆のアニメーション映画——『ピカドン』というタイトルだったと思う——を見たとき、原爆爆発の瞬間、人間が他の物体とともに塵埃となって空中に消えてゆく場面があり、そういうことだったかと思うようになった。また後日、宇品にあった暁《あかつき》部隊が、遺体処理に来たという話も聞いたが、私がそこを歩いたのは夜が明けたばかりの早朝だった。私が白島に辿りついたのは、何時頃だったのだろうか。何時間かかったのだろうか。この日の行程で人間はもとより、犬や猫、鳥、蝶など、生きて動くものを私はまったく見なかった。もちろん風にそよぐ草木もなく、物音ひとつない、それは真実「死の街」であった。やっと八丁堀《はっちょうぼり》の福屋《ふくや》百貨店まで、たどりつくことができた。福屋百貨店は外部だけが焼け残っていた。恐る恐る中をのぞいて見ると、真っ黒だった。健康体であれば、あと十二、三分歩けば白島に着くことができる。

あと少しだ。

あと少し、そう思いながら、福屋百貨店を後にすると、向こうの方にL字形に湾曲したユニークな建物、逓信局が見えてきた。なつかしい、その建物。L字の向こうに、私の家があるのだった。帰ってきた！　私は、帰ってくることができたのだ！

私は、逓信局のL字に沿って道を曲がった。すると、向こうから、三人の人間が、もたれ合い、ひとかたまりになって、よろよろと、こちらへ歩いてくるのが見えた。その真ん中の人が履いている、ぶかぶかの大きな白い靴が、真っ先に目に留まった。白——まっしろ！　この世には、もう無い色となっていた白。

〈生きた人間が、歩いている〉

私は、不思議なものを見るように立ち止まった。今朝、飯田さんと別れて以来、生きて動くものを目にしたのは、このときが初めてだった。

〈私は、また夢を見ているのだろうか？……〉

「文子じゃない？！」

私に近づいて来た三人の中の一人が、叫び声をあげた。それぞれが重傷を負って、見るかげもないが、それは、母、姉、富子叔母の三人だったのだ。

## 2　母と弟・英雄

母はそのとき、居間で針仕事をしていた。

「シュー！　眩しい光線がやってきた途端に真っ暗になった」

気がついたときには、家の下敷きになっていた。

〈うちに爆弾が落ちた！〉

次の瞬間には、さっき家を出て小学校へ行ったばかりの息子――英雄のことを思った。

〈早く英雄を探さなければ……〉

表へ出ようとしたが、ひと足ごとに、すとん、すとんと床下《ゆか》に足が落ちる。

〈床が抜けている！〉

ふと見ると、自分の左手が手首の上のあたりから、ぶらんとぶら下がっている。〈何か縛るものは……〉と目で探したとき、昨日私が持って帰った蜜柑《みかん》の缶詰が破裂してころがっていたという。その傍に布切れを見つけた母は、それで傷を縛《しば》りながらやっと表へ出た。

そこへ伯母・初代（母の姉）におんぶされて英雄が帰ってきた。英雄、私の弟は七歳、小学校一年生であった。その日は夏休み中の登校日だったので、家へ誘いにきてくれた友達のミヨちゃんと一緒に学校へ出かけていった。二人は、校庭の鉄棒で遊んでいて背後から熱線を浴びた。二人とも後ろ全身にひどい火傷を負った。とくに素肌だった両手両脚《あし》、さらに両足の指先まで。両脚の皮膚は烏賊《いか》を焼いたように、くるりとめくれて、ぶら下がっていた。また、頭髪は帽子の部分だけを残して、あとは焼けていた。それでも二人は急いで家に帰ろうとして、校門を走り出たところで初代《はつよ》伯母に会った。

この白島《はくしま》小学校（当時は国民学校）をはさんで、東側に伯母の家、西側に私の家と、母や伯母の実家である祖母の家があり、町名も学校を境にして東白島町、西白島町と二つに分かれていた。

初代伯母は祖母たちを案じて西白島町へ向かって走り、ちょうど学校の正門のところにさしかかったところで、「おばちゃん」と弟に声をかけられた。伯母はすぐに弟を背負って走った。途中、

「背中が熱いよぉ！」

と弟が言うので下ろしてみると、弟の服がめらめらと燃えていたという。伯母はその火をたたき消して、再び走りはじめると、弟が、

「おばちゃん、お家はそっちじゃないよ。向こうだよ」

と言ったという。すべての家屋が倒壊していたので、伯母は方向を失っていたそうだ。

祖母の家では長男のお嫁さんと、一月に生まれたばかりの赤ちゃんが生き埋めになっていた。庭で洗濯物を干していた祖母は、何かの遮蔽物のおかげで火傷をしなかったが、座敷でお乳をあげていた母子が家屋の下敷きになった。祖母は、駆けつけた母たちに、

「この下に松子さんと正勝がいる！　早く助けて！」

と狂ったように叫んだという。

そこへ、銀行に出勤していった叔母・富子（母の妹）が帰ってきた。叔母はいつものように家を出て電車に乗った。叔母の乗った電車は二、三百メートル走って広島縮景園《しゅっけいえん》近くまで来たときに被爆し、叔母は後頭部に重傷を負った。広島縮景園周辺の惨禍《さんか》はひどく、竜巻が起こったという話もある。また叔母が乗っていた電車は線路から飛ばされ、立ったまま真っ黒焦げの姿で相当後まで路上に放置されていた。

崩壊した家屋の下から這い出した私の姉と隣家の主人も加わり、みんなは義伯母・松子と赤ちゃんの救出にあたったが、母子は声もなく、祖母の「この下にいる！」と叫ぶ声を頼りに掘っていくしかなかった。やっと壁土に穴をあけ赤ちゃんを取り出したときには、周囲に火が廻ってきていた。赤ちゃんは目鼻も口も壁土でふさがれていたので、祖母が防火用水槽で洗い落とした。義伯母はどうにか上半身が出てきたが、腰から下がどうしても抜け出せない。炎は地を這《は》って迫ってくる。

「がんばらないと置いて逃げるよ！」

義伯母はやっと助かった。

翌日、避難先の田圃《たんぼ》畔水で、義伯母はそっと下着を洗っていた。救出されたときの力みで汚れたらしい。夫・寅雄（私の伯父）を失った義伯母は腰を痛めたまま、九十歳近くまでつらい生涯を生きつづけた。みんなは火に追われて長寿園《ちょうじゅえん》へと逃げた。長寿園の川原は避難者たちで埋まっていたので、母たちは土手につづく石段の上の方に腰をおろした。母に抱かれた弟は、「熱いよ！　からだが熱いよ！」と訴えつづけ、しきりに水を求めたという。水辺の人が両手のひらに水をすくって次の人の手のひらへ、そして次々人びとの手のひらから手のひらへと水がはこばれてきた。母の手のひらに来たとき、水はもうほとんどなかったが、〝たとえわずかな湿りでも〟と母はその手のひらを弟の唇《くちびる》へ当てたという。

弟といっしょに登校したミヨちゃんは、弟と同じように、ぼろぼろに焼け爛れていた。彼女もみんなとともに長寿園へ逃げた。川向こうの工兵隊演習場のテントで治療が受けられそうだと、母、富子叔母、姉たちがそこへ行ったときも、ミヨちゃんはいっしょだった。

母は傷ついた腕の布切れをはずされた途端に失神してしまった。「お母ちゃん、お母ちゃん、しっかりして！」。姉の泣き叫ぶのを聞きながら母は意識を失った。その姉も怪我で腫《は》れあがった顔面の、固まりかけていた血糊《ちのり》を剥《は》がされると、ふたたび出血が激しくなった。叔母は重傷を受けた後頭部に赤チンキを塗ってもらったが、頭に突き刺さっていた無数のガラス片は抜いてもらえなかったので、自分の指先で探りながら肉にからまっているガラス片を肉片ごと抜いたという。このように、治療と言ってもみんな赤チンキをぬり包帯をしてもらっただけだった。帰路、歩く体力を失った叔母たちは一本の木の下で休んだ。原っぱも、ぼろのような人たちでいっぱいだった。ミヨちゃんはもう歩く力も失っていた。

「ミヨちゃん、ここで待っていてちょうだい。お母さんを見つけて、ミヨちゃんがこの木の下にいることを知らせるからネ」

立ち上がった叔母たちは、彼女にそう言った。自分たちも、もといた場所にたどりつくことができるのか、これからどうなるかもわからなかった。そばにいた男の人が、「大丈夫です。私がこの子を預かります」と言ってくれたので、叔母たちが歩きはじめると、ミヨちゃんが、

「おねえちゃーん、おねえちゃーん」

と、かぼそく呼んだ。叔母たちは身を裂かれる思いがした。いまもその声が忘れられないと言って涙する。


川の土手、中洲（通称　中川原《なかがわら》）、そして避難先でも、母たちは近所の人に何人か会ったが、ミヨちゃんのお母さんに会うことはできなかった。戦後、焼け跡にバラックを作ってその日その日を過ごしていた私たちのところへ、一人の若い復員軍人がたずねてきた。ミヨちゃんの父親だった。祖母が当日の話をすると、うなだれて聞いていたが、「ありがとうございました。こうして最後の消息がわかったのはミヨだけです。とにかくその木の下へ行ってみます」と肩を落として去って行ったが、夕方ふたたび戻ってきた父親は手に小さな箱を持っていた。

「ミヨの遺骨です。あそこで焼かれた人たちの骨の中からもらってきました」

ミヨちゃんのお父さんの、そのときの姿と声は私の心に深く残った。母は被爆時の話をするたびに、ミヨちゃんのことに触れて涙を流した。そして、

「あの子も英雄と同じようにひどい火傷をしていたけれど、おばあちゃん（私の祖母）は正勝

（生後七カ月）をおんぶしているし、あとのみんなも重傷で、だれもあの子をおんぶしてあげられなかった。私はぶら下がった腕でわが子の英雄をおんぶしたけど、あの子をどうすることもできなかった。あの子は私の服をつかんでついてきた。可愛そうに。母親が見たらどんな気持ちがしたろうか」

と自分を責めるのだった。

八月六日、長寿園へ逃げた母たちは激しい雨にあい、敵機再来のときは川の中に入って身を守った。広島の川には満ち引きがある。そのときは満潮から引き潮に入ったところだったのだろうか、潮に流される人たちも出た。何度人に助けられても水の中に戻り、潮に呑《の》まれて消えていった老女もあった。

「あの中川原にびっしりと人が横たわっていてね。さあ千人もいたかしら。どこで作業をしとったんかしら、若い娘さんたちが焼け爛れて、みんな裸でね。兵隊さんたちが紙切れか布切れを、その娘さんたち一人ひとりのお腹の下に、そっと置いて歩いとったわ」

その中の一人に、近所の娘さんもいた。

「みんな、その夜から次の日にかけて死んだじゃろう。可愛そうに……」

そう言って、母は思い出すたびに涙を流した。

何時ごろだったのだろうか。焼かれた人々の上に真夏の太陽が照りつけていた。だれ言うともなく、逓信病院へ行けば治療が受けられるかもしれないといううわさが広がった。中川原から逓信病院までは、歩いて二十分くらいの距離があった。

歩くことができる祖父、富子叔母、母、姉の四人が土手へ上がった。家の中で被爆した母は、裸足だった。土手の土はその足裏に焼け付くように熱かった。ひとりの大きな男性が土手の道で死んでいた。靴をはいている。それを見た祖父は、

「なむあみだぶつ、なむあみだぶつ、申しわけありませんが、あなたの靴を娘に譲ってやってください」

その白い靴をもらって母にはかせた。そして祖父は、これ以上歩きたくないと言って病院行きを諦め、そこに座り込んでしまった。頭と顔に重傷を負っている叔母と姉は、それぞれ母の両腕につかまって歩いた。

その日、焦土《しょうど》となった広島市内を縦断してやっと逓信局（逓信病院の隣）まで戻りついた私が、そこで見た〝生きて動く三人の人間〟。そのとき私の目に真っ先に飛び込んできたのは、真ん中の一人がはいていたぶかぶかの白い靴であった。先にも書いたように、被爆の瞬間から、焼け焦《こ》げて血みどろになった黒い人間、黒い焦土しか目にしていなかった私にとって、その白はハッとするほどの鮮烈さで目を射たのだった。こうして母たちと再会した私は、母、姉、富子叔母といっしょに逓信病院へ行ったが、そこは私が見た日赤病院と同じように凄惨の極みであり、手当てなど受けられるような状態ではなかった。

当時、逓信病院の院長だった蜂谷《はちや》先生は白島に住まいがあり、登院途上で被爆し、重傷を負わ

れた。道端に倒れていた先生は、

「逓信病院の蜂谷だ！　病院へ連れて行ってくれ！」

と叫んでいて、その言葉を聞かなければ先生とはわからないほど惨い姿だったという。重傷を負いながらも、蜂谷先生は生き残った看護婦さんたちとともに被爆者たちの傷の手当てをされたと聞いたが、この日、私たちは病院の惨状の中でしばらく待ったが、諦めて病院を後にしたのであった。蜂谷先生は後に、当時のことを医師としてはじめて本にまとめられた。（『ヒロシマ日記』法政大学出版局）

治療を受けられなかった私たちは、わが家の焼け跡へと足を運んだ。一面の焼け野原である。どこがわが家だったのかわからない。曲がりくねった水道管があちこちに立っている。

「ここに西岡さんの井戸があるから、この水道が西岡さんとこだろう。向こうが児玉《こだま》さん……」

わが家跡とおぼしきところの瓦礫《がれき》を踏んでたたずむ。赤黒くまだ燻《くすぶ》っているかのような瓦礫の平面。ここに家があり、昨日までは人間の生活があった。だが今は、瓦礫の原が広がっているだけ。私たちは言葉もなく呆然と立ちつくした。


祖母や叔母の家は、私の家から数軒はなれたところにある。祖母の家に面した白島小学校の煉瓦塀《れんがへい》が少しだけ崩れ残っていて、そこに「文子、坂へ帰れ」と消し炭で大きく書かれていた。今朝、父が書き残していったものであろう。もし私が、母たちと会うことができず、ここに戻り、この書き置きを見ていたら、たぶんここで力尽きて倒れていただろう。私たちは誰も口をきかず、とぼとぼと中川原《なかがわら》へ戻って行った。

中川原には、伯父と祖母が残っていた。みんなは戸坂《へさか》小学校へ避難したという。ここから北へ四キロメートル、戸坂小学校は白島地区住民の避難所になっていた。

「重傷者は舟で運ばれ、英雄も舟に乗ったよ。私たちはみんなの連絡のためにここに残った」

まもなく、重傷の伯父と、それに付き添った祖母は舟で運ばれ、そのほかの四人——富子叔母、私、目も見え難いほど顔面に重傷を負っている姉、それに左手がぶら下がっている母は歩いて戸坂へ行くことになった。

吊り橋（工兵橋）は向こうに見えていたが、私たちはそこまで歩いていく力がなかった。川はちょうど引き潮で浅かったので、川の中を歩いて渡ることにした。澄み切った冷たい水は、熱いからだに、心地よかった。しかし深いところでは腿までもある水に、ともすれば足をすくわれそうな、ふらふらのみんなであった。やっと土手の道に這い上がった。

そこに一つの遺体があった。炭のようにからからに乾いた真っ黒な遺体。川の方に頭を向けて仰向いた顔。その両眼と大きく開けた口には眼球も歯もない。黒い空洞であった。大の字に広げた四肢には伸びやかな感じがあり、九歳から十歳の少年だと私は思った。しかし何故この時間に、ひとりだけここにいたのだろうか？　ここまで逃げてきたとも、誰かに運ばれたとも考えられない。一瞬にして放射熱に焼かれたとしか考えられない。それにしては何故爆心地の方に頭を向けて仰向けに倒れているのだろうか？　私はしばらく呆然として、彼を見つめて立ちつくした。

そしてそこから四キロメートル。炎天下の土手の一本道は長かった。一片の木陰《こかげ》もなくただただ赤い土の道が、どこまでもどこまでも伸びていた。炎暑にあえぎあえぎ、ひたすら、戸坂小学校、戸坂小学校、戸坂小学校……と唱えながら、一歩ずつ足を引きずって歩いた。やっと戸坂町の家が見えはじめたところに、一本の大樹があった。黒く深い木陰。私たちは、ばたばたと横になって、もう動けなくなってしまった。しかし、弟を案ずる母だけは歩みを止めなかった。途中で、母は知人に会った。

「さっき村井さんの博君（十四歳、学徒勤労動員で屋外作業にたずさわっていた）が亡くなったけど、お宅の坊やはまだ生きとってよ」

それを聞いた母は、「まだ生きている」息子のもとへと急いだという。だが、母が校庭の奥の地面に横たわっていた息子のもとにたどりついたとき、弟はすでにひとりで天に旅立っていた。

「お母さん、呼んであげてください！　いま、いまですよ、坊やが息を引き取ったのは。まだ聞こえるかも知れませんよ」

傍にいた若い傷病兵が、そう言って母を励ましてくれた。母は弟を抱き上げ、揺さぶりながら弟の名前を呼びつづけたが、弟はもう目を開かなかった。そして……悲嘆にくれた母がふと見ると、弟の最期《さいご》を見守ってくれていた若い傷病兵も、しずかに昇天していた。

七歳という短い生命を、原爆に焼かれ奪われてしまった弟・英雄。物心ついた頃には戦争が悪化し、甘いものはもちろん、主食すら口にできない飢餓状態の日々であった。学生たちは学徒動員、主婦たちも動員され工場などで働かされた。また小学校三年生以上は都会から離され、遠い田舎へ学童疎開させられた。私の家では、小学校六年生の長男と四年生の次女は山間のお寺へ集団疎開に行き、家には小学校一年生の英雄と女学生になっていた私が残っていた。父は仕事、母は主婦動員で早朝家を出る。戸締まりをして出かけなければならない私は、ぎりぎりまで英雄と過ごすが、小学校の始業時間までは待てない。したがって英雄は友だちと学校の校庭で始業時間までを過ごすことになる。私の家の近く、小学校への曲がり角に「西野」という文具店があった。そして曲がり角には、やや丸みを帯びたひとつの石があった。学校が終わり、友だちとの遊びを終わった英雄は毎日ぽつんとその石に腰掛けて、母か私の帰宅を待っていた。日が沈み、夕闇を運ぶ風が淋しい英雄の小さなからだを掠めて通り過ぎて行ったであろう。その風景は、英雄を思い出すときの私の最も切ない痛みである。

後日、ミヨちゃんの家族の様子を知ることができた。いつもミヨちゃんや私の弟といっしょに学校へ通っていた夏ちゃん（当時七歳）から聞いた話である。その年の三月、東京大空襲で焼け出されたミヨちゃん一家は、千葉か広島へ疎開《そかい》しようとしたが、千葉は東京に近いため、広島へやってきた。そして夏ちゃんの家――借家だったがいくつかの部屋があり、人を下宿させることもあった――にしばらく居たという。そのうち近くの家族が満州の息子のところへ行き、空き家になったので、そこへ越していった。六人の子供たちのうち上の三人は男の子で、学童疎開した。下三人は女の子で、一番下の子はまだ這《は》いはいをしている赤ちゃんだった。その朝、ミヨちゃんと私の弟が夏ちゃんを迎えに行ったとき、夏ちゃんはお腹をこわして寝ていた。ミヨちゃんと弟は二人だけで学校へ行った。横になって空を見ていた夏ちゃんは、そばにいたおばあちゃんに言った。

「B29が落下傘《らっかさん》を落としたよ」

気がついたとき、夏ちゃんは隣の家まで飛ばされていた。妹が生き埋めになっていた。母といっしょに妹を掘り出したが、そのうち母を見失った夏ちゃんは、怪我をした妹をおんぶして、おばあちゃんといっしょに逃げた。おばあちゃんは胸の骨が折れて、痛い、痛い、と言っていた。逃げるとき、崩れたミヨちゃんの家の下から、ミヨちゃんのお母さんの声がした。

「助けてください！」

同時に、赤ちゃんの声も聞いた。けれどもどうすることもできなかった。川原へ逃げた夏ちゃんは、川岸を埋めた避難者の一人の男性に声をかけられた。

「私のこのシャツをちぎって、私に水を飲ませてください」

夏ちゃんはその人のシャツをちぎり、川の水に浸してきて、その人の口の中にしぼってしたたらせてあげた。近くにいた人が「水を飲ますと死ぬよ」と言ったが、すでに瀕死《ひんし》状態の男性だった。夏ちゃんは妹をおんぶして川を渡った。川上から流れてくる、ふくれあがった死体をかき分けながら水の中を歩いていったという。

先にも書いたが、戸外で作業をしていた人たちは帽子の形に頭髪（当時は男性はみんな坊主刈りだった）が焼け残り、あとは焼け爛《ただ》れていた。夏ちゃんは私と同じように、「この人たちみんなは同じ時間に床屋へ行っていたのだろうか。それにしても変な頭だ」と不思議に思ったという。彼女はまた「真夏なのになぜみんな長袖シャツを着ているのだろう」と不思議に思ったというが、それは焼けて垂れさがった皮膚だった。

結婚して千葉で暮らしている彼女は言う。

「〝八月六日には絶対に広島へ帰らないで。あなたを見て亡き子を思い出すひとたちもいるのよ〟母がそう言ったので、八月六日とその前後には広島に帰ったことはないわ」

そういえば、彼女は私の母に会うたびに言っていた。

「おばさん、私を見ると英雄ちゃんを思い出すでしょう。たびたびおばさんに会いたいけれど……私もつらいの」

被爆後、私たちは隣りどうしとして仲良く暮らした。病気がちの私の母を、夏ちゃんはいつも励ましてくれていた。「おばさん、元気でネ。おばさんに何かあると、うちのお母さんがダメになるから」

彼女のお母さんと私の母は、たしか同じ年齢だったと思う。彼女のお母さんの方が先に亡くなった。

「おばさん、お母さんの分まで長生きしてネ。これからはおばさんをお母さんと思うわ」

彼女は主婦として、美容師として忙しい中、菜園も持ち、母の好物のサツマイモを送ってくれたりした。夏ちゃんは言う。

「みんな死んでいったわネ。被爆者は毎年五千人死んでいくそうよ。

私などが生き残りの若い方になってしまったわ。

私はまだ働いているけれど、これが終わったら、何か被爆者のお役に立つことか、原爆を伝えることをしたいと思うわ」

彼女はいま、八一歳、認知症の夫を介護しながらの毎日である。


戦後の母は、傷ついた左腕を首に吊り、さまざまな被爆症とたたかいながら一家を支えてきた。その日その日の食物を得ること。そのためにタケノコの皮をはぐように、田舎に疎開《そかい》させていた乏しい持ち物を一つずつ売っては食料に代えるタケノコ生活も限界にきた。当時の広島では、原爆によって死亡する人だけでなく、連日、餓死が報じられた。白湯《さゆ》に近い一碗の雑炊を前にして、父は言った。

「(餓死するのは) 明日はうちだ。しかし、ひもじい顔をして死なないでくれ。笑って死んでくれ」

早朝、母は水だけを口にして家を出て行く。近隣の農家を廻って食物を恵んでもらうためだ。暗くなって帰ってきた母は、放心したように、疲れきったからだを台所の板にぺたんと落とす。膝には空の風呂敷。

「畑の畔に土下座をして、土に頭をすりつけて頼んだの。捨ててある屑芋を少しだけ恵んでください。どうかお願いします。子どもたちが飢えています」

そんな生活のなかにあっても、私たち家族はよく笑っていた。「金行さんの家からはいつも笑い声が聞こえてくる。どうして?」とよく近所の人に不思議がられていたが、一家の太陽は母だった。また子供たちも、焼け跡の消し炭拾いの仕事のほかは全く自由であり、子供なりに探険や冒険が大いに楽しめる焼け野だったので、家族での話題は尽きることがなかった。

父は座骨神経痛の痛みに耐えながら、バラックの横の瓦礫を整理して苺《いちご》や野菜を植え、つぎに幼年学校跡地を耕して本格的な畑を作った。しかし金銭的な収入は全くなかった。戦前の貯金は、貨幣価値の変動のために紙切れ同然となった。

戦後二年目を迎え、私は十六歳で就職した。そのわずかな給料が一家五人の定収入となった。祖母の家で育った姉は、一家の柱であった伯父を失った祖母家族のために働いた。

中学生だったすぐ下の弟は、両手の指から血を流しながら木舞掻《こまいか》き(壁の下地にする木舞を作る)の仕事をした。その弟を連れて木舞掻《こまいか》きの仕事に通っていた二人の青年も明るい人たちで、毎日のように私の家に寄って大いに談笑していた。

父の神経痛の痛みは相当ひどかったようだ。激痛に耐える父の呻き声で夜中に目がさめることが何度もあった。しかし父は、五メートル歩いては休み、十分歩いては休みながら「坂」へ通って、段々畑にサツマイモを作った。母は逓信局の近くで焼芋屋をはじめた。お客はほとんど逓信局の職員たちだったが、明るく温かい人柄の母は「おばさん、おばさん」と誰からも愛されて、焼芋屋は繁盛した。

この芋を毎日「坂」から運ぶのは父と弟であった。汽車の中には担ぎ屋を摘発する警官が乗り込んでいる。腕白なことで母を困らせていた弟は機敏でもあった。その弟の機敏さによって摘発を切り抜けられたこともあったが、ちょっとの隙に没収されたこともあり、荷車を引いて広島駅で待っていた母を悄然《しょうぜん》とさせた。翌日、焼芋屋は開けず収入もない。また、母と私たちきょうだいは、お彼岸やお盆の日にはお寺の前で墓参用の花を売った。私は早朝花を売ったあとで急いで帰宅、身仕度をして出勤するのであった。

一方、以前から私を苦しませていた難病も悪化の一途をたどっていった。上下の唇が化膿してただれるので食事もつらい。痛くて熟睡もできない。ついに入院することになった。広島から汽車で一時間くらい離れた「広」というところの病院であった。茫々とした草原の中に建つ木造の大きな建物だった。病名はなかなかつかなかった。さまざまな治療を受けた中にラジウム治療があった。唇の長さに切ったラジウム棒を唇に貼り付けるのだが、私はそのままの状態で他の病室の友人を見舞って歩いた。後年、このことが新聞に大きく取り上げられた。患者が放射線を撒き散らして歩いているというのだ。ラジウムで焼かれた唇は真っ黒になった。

この頃、逓信病院の蜂谷院長先生から朗報が入った。

「学会で東京へ行ったら文ちゃんと同じ病気が発表された。頼んできたからすぐに東京逓信病院へ入院しなさい」

母はどこから汽車賃を用意したのだろうか。当時、広島・東京間は蒸気機関車で二十三時間かかった。唇からマスクがはずせない私と向き合って座った母も、そのときすでに子宮筋腫《きんしゅ》か癌の出血が続いていた。半年以上の入院で軽癒した私が帰宅したとき、母はすっかり衰弱しきっていた。ずっと出血していたという。

「あんたが帰るまで。とにかくあんたが帰るまでがんばろうと思ってネ」

悪性貧血のため父の血は採れず、私たち子どもの血を輸血しながら母は手術をした。病室の脇に七論と鍋を持ち込んでの自炊看病であった。家庭治療になってからの母は薬を飲もうとしなかった。薬がなくなると、お金がないのに買いに行かなければならないから、というのであった。私の収入だけでは、もちろん足りるはずはなかった。高校生になった弟と妹の教科書の間には、何通もの学費請求書がはさみ込んだままになっていたが、二人とも黙っていた。そしてついに妹は高校を中退して働くことにした。

「お兄ちゃんは男だから、高校だけでもきちんと卒業しなければ」

こうした病と貧苦のどん底を体験しながらも、母は九十歳を超える長命を保った。九十二歳の八月二日だった。突然、脳梗塞で倒れ、救急車で入院した。一過性のものだったらしく、すぐに手足も動き、口もきけるようになったが、二日後、看護婦さんも気づかないうちに眠るように昇天した。その前日、病室に見えた看護婦さんに、「お世話さまになりました」と起き上がるようにして深く頭を下げた。看護婦さんが私を見てほほえんだ。「おばあちゃんが、またボケたわ」という。

その日ずっと母の手を握っていた私が、夕方帰ろうとすると、「ひとりになるのは淋しいネ」という。再びベッドの傍に腰を下ろし黙って手を握り合っていた。一時間近くそうしていただろうか。「また明日くるわ」と私が立ち上がると、母はベッドから降りようとした。

「お別れを」

からだが動けるようになったのでエレベーターあたりまで送ってきたいのだろうと思い、「お別れを」という言葉を、看護婦さんと同じように私も軽い気持ちで受け取った。

それが本当のお別れになった。

母・春子

## 3　ボクは校庭で遊んでいた

初めて鉄棒の上に乗ることができた。

「やったー」

そのとき　ピシュ　ボクのからだが光った。ボクは家へ帰ろうと走った。

校門の前で初代おばちゃんに会った。

「おばちゃんー」

おばちゃんはボクをおんぶして走った。

「おばちゃん背中が熱いよー」

おばちゃんはボクを下ろして悲鳴をあげた。

ボクの背中は燃えていた。

それを叩き消したおばちゃんは、またボクをおんぶして走った。

「おばちゃん　お家はそっちじゃあないよ　向うだよ」

お家はつぶれていた。

まわりの全部の家がつぶれていた。

つぶれたボクの家の下からお母ちゃんが這い出してきた。

からだじゅう真っ黒だった。

ぶらんとぶら下がった手首から血が流れでていた。

ボクをおんぶしたお母ちゃんとおばちゃんは、こんどは近くのおばあちゃんの家へと走った。

おばあちゃんの家もつぶれていた。

その下に赤ちゃんと松子おばちゃんが埋もれているという。

みんな気が狂ったように叫びながら掘った。

ボクは待っていた。

長かったよ。

あちらこちらから火が燃えあがってきた。

やっと掘り出した赤ちゃんたちを連れて、みんな川原へ逃げた。

川原はいっぱいの人だった。

みんな　ゆうれいのようだった。

ボクはからだ中が熱かった。

喉がとてもかわいた。

ボクはもう、

「お水！」

「熱い！」

それだけ言うのがやっとだった。

雨が降ってきた。
ボクは　その雨をなめた。

敵機の爆音が聞えてきた。

「こわいよ！」

お母ちゃんはボクを抱いて川の中へ身をかくした。


夜は寒かった。

苦しかった。

とても苦しかった。

そして裸でいるのが怖かった。

お父ちゃんが草をむしってボクのからだにかけてくれるが、ボクは苦しくて身もだえするので
草はすぐにずり落ちる。

お父ちゃんは一晩中草をむしってボクのからだを覆いつづけてくれた。

つぎの朝、
ボクは上流四キロの戸坂小学校へ運ばれ校舎の陰に横たえられた。

あのとき、そうボクが臨終のとき、
ボクのそばにはお父ちゃんもお母ちゃんも伯母ちゃんたちも、だあれもいなかった。
ボクの声を聞いてくれる人もボクによりそってくれる人も、だあれもいない。

「坊や、苦しいか？　がんばるんだよ　きっとすぐに母さんがくるから」

近くで若い男の人の声がする。

「うーん」

「うーん」

ボクはもう声が出ない。

ボクの意識は遠ざかっていく。

「坊や　しっかりして！　坊や！　坊や！」

その中で　上の方から、

「英雄ちゃん！　英雄ちゃん！」

お母ちゃんの声が　かすかに聞え　それも遠ざかっていった。

そのとき、

「坊や　きみは　ひとりではないよ　ほら　僕が傍についているよ」

さっきの若い男の人の声がして、
やさしい気配がボクを包んで天に昇った

## 4　父の場合

六日の朝父は、祖母（父の母）の住む、瀬戸内《せとうち》の町「坂《さか》」へ行くために、広島駅からバスに乗った。人間の運命は、どこにわかれ道があるかわからないものだ。日ごろバスの嫌いな父が、その朝に限って、汽車より五分早く発車するバスに乗ったのだった。

広島駅の被害は非常に大きかったので、もし父がいつものように汽車を待っていたならば、広島駅で被爆して恐らく遺体も見つからなかっただろう。父の乗ったバスは、発車してまもなく、市内東寄りの大州《おおず》の踏み切りを渡ったところで被爆した。幸運にもバスは、何か大きな建物の陰《かげ》を走っていたらしく、乗客全員が無事《ぶじ》だった。

「呉《くれ》まで逃げてください！」

乗客たちにそう言われて、運転手はスピードをあげて広島を後にし、まっしぐらに海沿いの国道を東へと走り出した。呉は、広島から東へ約二十六キロ、軍港の町だ。父は家族の安否が心配で、広島へ引き返したかった。

「降ろしてください！」

何度も運転手に頼んだが、彼は耳を貸さない。

〈呉まで連れて行かれる〉

父が諦めていると、バスがちょうど「坂《さか》」へさしかかったところで、潮汲《く》みのための大八車が道の真ん中に放《ほう》り出されてあり、人々は逃げ去っていた。運転手は大八車を取り除くために、車を止めてバスを降りた。その隙《すき》に父もバスを飛び降りて、広島の方を見ると、海の向かい側にある広島の空に、巨大なキノコ雲が湧き、その中心部は火の玉を巻き上げていた。

〈これは、ただの爆弾ではない〉

軍属として中国へ行っていたこともある父は、かつて経験したことも、聞いたこともない、異様な爆撃に大きな不安をもった。父はまず祖母の家に行ってみた。祖母の家は、雨戸がすべて吹き飛んでいたが、祖母は元気だった。思いがけない父の姿を見て喜ぶ祖母に、

「わしはこの通り元気じゃ。これから、みんなを探しに広島へ戻る」

父はそう告げると、広島へ向かって走った。現在は新幹線広島駅と駅前広場になっているあたりから、北側の二葉《ふたば》山にかけて、昔は「東練兵場《ひがしれんぺいじょう》」と呼ばれる軍隊の演習場があった。父がそこまで帰ってみると、その広大な練兵場は、足を踏み入れる余地もないほど負傷者たちで埋め尽くされていた。父は惨憺《さんたん》たる思いで棒立ちになり、しばらくは歩《ほ》をすすめることもできなかったという。地面に横たわる人びとは、人間とはとても思われないほど、ぼろぼろになり、生きているのか、死んでいるのかさえもわからなかった。父はこの中に、ほぼ確実に家族がいると思った。

というのは、父は日頃、

「万一《まんいち》のときは、饒津《にぎっ》神社へ避難しなさい」

そう、家族に言っていたからだった。饒津《にぎっ》神社は二葉《ふたば》山の東寄りの山ふところに抱かれた大きな神社であり、この東練兵場とつながっていた。父は、地を埋めた人びと一人ずつの顔や姿、形

を丹念に調べながら、家族を探して歩いた。

どの人も、どの遺体も、年齢も性別も、顔の認識もできないほど焼け爛《ただ》れていたし、衣服すらつけていない人が多かった。また、辛うじて衣類をまとっている人たちも、灰燼《かいじん》や血で染まった衣服から、家族を見分けることはできなかった。父は遺体の口をあけて、歯並びまで調べたという。そうして、東から西へ、西から東へと一人ひとりの顔をのぞき込みながら、父は何度も何度も往復して歩いた。

〈万一のときは饒津神社へ――〉

そう言ったことを、父は強く後悔した。陽《ひ》が西に傾いてきた。そのとき父は、よろよろと歩いている伯父（母の兄）を見つけた。

「義兄《にい》さん！」

「ああ、正夫さん……。家に帰ろうと思うのだが、ここはどこだろう。いったいこれはどうしたことだろうか」

伯父は呆《ほう》けたように、実にぼんやりとした様子だったという。

後でわかったことだが、爆心地から約三百メートルの地点で被爆した伯父は奇跡的に助かったが、ひどい脳内出血を起こしていた。そして激しい頭痛を訴えつづけながら、十七日後の八月二十三日に亡くなった。伯父は父と会ったときも頭痛を訴え、歩き方もよろよろしていたという。

そこで父は一本の棒切れを拾って、杖《つえ》がわりに伯父に持たせ、練兵場の西端、白島《はくしま》寄りの空地《あきち》に連れて行った。それから一枚の莚《むしろ》を拾ってきて伯父に渡し、言った。

「わしは、もう一度みんなを探してみるけん、ここを動かんでください。もし夜になっても、わしが戻って来《こ》んかったら、この莚《むしろ》をかむって寝といてください」


その後、父はなおも練兵場を探したが、家族の誰一人として見つけることができなかった。

〈一度、家に帰ってみよう〉

父が伯父のところへ戻ってみると、伯父はそこにいなかった。伯父は父の帰りを待ち切れないで、自分も家族を探そうと思って歩きはじめたのだろう。父が再び伯父を見つけたときには、伯父は莚《むしろ》も杖《つえ》も持っていなかったという。父は伯父を連れて白島へ向かった。二人は饒津《にぎつ》神社の前までやってきた。父はここで、もう一度伯父を道端《ばた》に待たせて、神社の境内《けいだい》へ入ってみた。饒津神社の参道には、両側に大きな石燈籠《いしどうろう》が立ち並んでいたが、その石灯籠はみんな崩れていた。それを見て父は、〈ああ、もうみんな駄目だ〉と思ったという。


饒津神社を過ぎて、山陽本線のガードをくぐると、常盤橋《ときわばし》があり、その向こうが私たちの住む白島だ。そして私の家から数軒離れたところが、母の実家である伯父の家だった。常盤橋の東のたもとには、大華楼《たいかろう》という大きな料亭があった。父と伯父が常盤橋にさしかかると、その大華楼が、ごうごうと音をたてて炎上し、恐ろしいほどの火の粉の雨が降りそそいでいた。

〈どこかで莚《むしろ》を拾ってきて、川の水で濡らし、それをかぶって火の下をくぐり抜けようか〉

父はそう考えたが、伯父を連れては無理だった。

二人は川原《かわら》へ降りて行った。川原には大勢の人びとが避難していた。ふと見ると、岸に一艘《そう》の舟が繋《つな》いである。

〈この舟に乗って川を渡ろう〉

伯父を川原に残して、父は舟に飛び乗った。すると川原にいた何人かが乗り込んできて、たちまち舟はいっぱいになってしまった。

「これでは舟が沈んでしまう。何人か降りてください」

だが、誰ひとり降りようとはしなかった。父は諦めた。そして言った。

「わしは舟を漕《こ》ぐのは、いまが初めてじゃ。だけどやってみるけん、みんな絶対に動かんといてください」

舟べりが水面すれすれだった。みんなも必死だったのだろう、息を殺したように静かだったという。舟はどうにか対岸に着くことができた。こちらの川原にも大勢の人びとが避難していた。

父はそこで、祖父（母の父）に会うことができた。祖父は天性の楽天家だった。こんなときにも祖父は傍《そば》の人たちと大声で話し、声をたてて笑っていたという。その日の夕方、父は祖父と会った同じ川原の上流にある中川原で、母、弟、そして祖母一家と会うことができた。

太田川が二つに岐れた白島側の堤は、長寿園《ちょうじゅえん》と呼ばれて、桜の名所だった。川の中ほどには、大きな中洲（通称・中川原）があった。中川原は工兵隊の所有で、土手からそこへ渡る細い木橋が架かっていたが、住民たちは入れないことになっていた。しかし、軍隊が使っているのはほとんど見たことがない上に、野花の咲き乱れる広い原っぱは子供たちが駆け回るには最高の場だったので、兵隊さんに気兼ねしながら木橋を渡ったことが何度かあった。

母の話によると、母の若い頃には、親戚の人たちが集まり、お花見弁当のようなご馳走を作って、野遊びの会を楽しんだという。そんな優雅な時代の歴史を包み込んで、私が子どもの頃は軍隊用地、被爆の日には原爆に焼かれた人びとが立錐の余地もないほど瀕死の身体を横たえた終《つい》の原……。因《ちな》みに、いまは濁流の中に少しだけ顔を出した土に、二、三本の野生の木が大きく繁り、野鳥の大群の棲み家になっている。

中川原の傍らには、長寿園のある白島側から向こう岸の牛田町へ行く吊り橋があり、この橋も工兵隊のもので工兵橋と呼ばれていて、市民が渡ることは禁じられていた。工兵橋の下の白島側の川底は、そこだけ深く掘られていたのか、流れが止まって淵のように魅力的な青緑の豊かな水を湛えている。私は長い吊り橋をゆすりながらその上を渡ってみたい誘惑に駆られるのだった。ある日、意を決して、通せんぼの縄をくぐって吊り橋に入り淵を見下ろして立った。真上から見下ろす淵は実に神秘的で、立ちつくしていると、私の心もからだも青緑の幻《まぼろし》となって、そこへ吸い込まれて行く、不思議な恐怖感に襲われるのであった。

原爆の日、この吊り橋の牛田側たもとに炭と化した少年の遺体を見た。

「長寿園《ちょうじゅえん》には工兵隊が馬を繋《つな》ぐので、あそこへは逃げるなよ」と、いつも父が注意していたその長寿園へ、中川原へと、火に追われた母たちは逃げていったのだった。

夕方、吊り橋を渡っている男の人を見た祖母が、

「あっ、正夫さんだ！ まさおさあーん！」

と父の名を叫んだという。


中川原には近所の人たちも避難していた。土井（母の実家）の裏隣りの高橋さんに頼んで、伯父と祖父を連れてきてもらった。こうして全員が揃い、そこにいないのは私だけであった。


この夜は寒かった。みんな草をむしってからだに掛けた。学校の校庭で背中を熱線に焼かれ重症だった七歳の弟・英雄は、裸であることを怖れて、

「こわいよー、こわいよー、ぼくに何か掛けて」

と訴える。

父が草をむしって、弟の焼けたからだを覆《おお》おうとするが、弟が苦しみ悶《もだ》えるので、草はすぐにずり落ちる。それをひろってまた被《かぶ》せる。一晩中そのようにして過ごしたという。

翌七日、夜も明けきらぬ早朝、父は、旧広島市の北部にある中川原《なかがわら》から南部にある貯金局へと、焦土の中を私を探しに出かけたが、私の消息をつかむことができず、諦めて中川原へ戻ってきた。そして、重傷者が避難場所に指定された戸坂《へさか》まで舟に乗せられると、父もひん死の弟を抱いて舟に乗った。弟は、その日のうちに戸坂《へさか》小学校の校庭の片隅でなくなった。（戸坂小学校での模様は改めて述べる。）

八日の朝、弟の遺体を縄で自分のからだに縛りつけた父は、山越えして祖母（父の母）のすむ「坂」へ連れて行くといって出発したが、しばらくたつと戻ってきた。弟のからだが死後硬直で固くなっていて、歩きにくかったのだという。父は近くの農家から箱車《はこぐるま》を借りてきた。木製の小さな箱車に仰向けに横たえられた弟は、静かに眠る天使のようだった（弟は後ろ全身の火傷《やけど》で、顔には怪我もなかった）。祖父母（母の両親）、伯父夫婦と生後七カ月の赤ちゃん、富子叔母、そして母、姉、私の総勢九人は、弟の遺体が乗せられた箱車を見送った後、歩いて広島駅へ向かった。あるいは汽車が動いているかも知れないと思ったからだ。

私たちが再び市内に入ったのは、夜だった。小雨が降っていた。真っ暗闇の中に崩れ伏す焼け野原の広島は、燻煙《くんえん》に覆われ、まだあちこちに赤い残り火が燃えていた。その中にひときわ青い炎。ゆらゆらと地上から離れては、またもとの場所に戻る。それを見て私は、そこには遺体があり、あれは燐火《りんか》なのだと思った。私たちは、真っ暗で、がらんどうの駅の中で、夜中過ぎまで待ち、やっと汽車に乗ることができた。汽車は、途中で何度も空襲警報で止り、私たちは下車させられたり、近くの防空壕へ入れられたりした。体力を失っていた私たちは、もう死んでもいいから動きたくないと思った。

一方、弟の亡骸《なきがら》を運んでいた父は、山道をくだり広い畑の中の一本道を歩いているとき、アメリカ軍戦闘機の機銃掃射《きじゅうそうしゃ》にあったという。しかし隠れる場所もなく、また逃げる気持ちもなく、父はただ息子の亡骸を曳《ひ》いてもくもくと歩き続けた。戦闘機は二、三回旋回して父を狙った後で去っていったという。

弟・英雄は父が軍属で支那（現在の中国）に行って留守のときに生まれた。支那から帰国した父は、次には満州の会社で働くことになり、再び家を離れた。父が座骨神経痛のため帰国したのは、原爆の前年であった。こうして父子が共に過ごした月日はわずかでしかなかった。

父は、天気のいい日には毎日のように弟を連れて川へ釣りに行ったり、曇りや雨の日は木で舟を作り、なかにはエンジンをつけたものもあり、それらをたらいに浮かべて時間を忘れて幼い息子と遊んでいた。そんな父を大好きだった弟は、外出する父のあとを追って泣くほどだった。

八月六日の朝も、こんな会話を交わしていた。

「お父ちゃん、ボクも連れて行って」

「きょうは学校へ行く日だろう？　この次のときにね」

「きっとよ！」

それが父と子の最後の言葉となった。畑の中で一人、機銃掃射を受けながら、父の心にあったものは何だっただろうか。


無傷だった（小さな傷はあったかも知れないが）父のおかげで、祖母一家と私の家族は全員そろうことができたのだった。みんな食べるものもなく、傷の治療も受けられない状態の中で、それぞれが寄り添い助け合って懸命に生きたが、無傷の父と、また同じように無傷だった祖母は、二軒合わせて十二人の家族の柱だった。世の中が少し落ち着いてきたころ、父は町内のお世話もし、「仏《ほとけ》の金行《かねゆき》さん」といわれたほど温厚な人だった。だが、現金収入を得る職はなかった。もちろん、当時職のないのは私の父だけではなかったが。


私が社会人として出発する前夜、父は自分の前に私を正座させて、次の三つのことを言い渡した。

「財産（金銭）や地位で人間をはかってはいけない」

「思想的には右にも左にも偏《かたよ》らず中道《ちゅうどう》を歩んでほしい」

「恋愛は自由だ。しかし結婚は先祖を継ぎ子孫を残すことだ。血統を守ってほしい」

三つ目については、私は質問や反論をしたいものがあったが、いつもとはちがう父の凛《りん》とした言葉に押されて黙っていた。私の一生を通じて父からこのような教訓を受けたのはこのときだけだった。三つ目をのぞいた後の二つの教訓は私の根底の思想となり、口にはしないが私の三人の息子たちにも受け継がれているのではないだろうか。

# 5　父・正夫

私の父・金行正夫《かねゆきまさお》は、思慮深い人だった。父の祖父・金行孫四郎は家督相続を放棄し、父・十太郎は柔道の道場を閉めて破産したので、父の家は貧乏だった。父は小学校高等科を出たあと職に就き、弟や妹を師範学校に進学させた。もっとも当時の田舎の男の子は、小学四、五年生で学校を止めて働く子供が多かったそうで、高等科に進むのは、一学年で、二・三人だったという。

父が少年の頃から慕《した》っていた石屋さんがあった。石屋さんも父を可愛がってくれて、いつのまにか子弟のようになり、実際に父はその人を師と仰いで石工となった。そして、師に従《つ》いて日本全国を廻った。徴兵や軍属として中支（中国の中部地方）へも行った。終戦前は、満州でも働いた。原爆被爆後は、広島市役所の臨時職員として、広島城の庭の手入れや掃除をした。

私が小学校四年生のときだったと思う。「家紋」と「先祖のこと」を調べてくるようにとの宿題が出たことがあった。父に聞くと、家紋は「桐」、遠い先祖は、源義家の文武の師、大江匡房《まさふさ》だと言った。そういえば、私が幼い頃、父が買ってくれた、たった一冊の絵本は「八幡太郎義家」だった。貧乏な暮らしの中では、さぞ高価だったであろう、大判の立派な絵本だった。

その中の一ページは、今でもはっきりと覚えている。八幡太郎に捧げられた毒饅頭を、匡房が見抜く場面だ。また、ずっとずっと後世になって、大江から金行姓になってから、家督相続の争いがあり、血縁のない次男が相続した。

「本当は我が家が正統なのだが、家系図は向こうが持って行った」

と、父は苦笑いして言った。


家系図を引き継いだ家は、土地の人から「金行本家」と呼ばれていた。城壁のような石塀の上に建った立派な家だったが、なぜか村の子供たちは傍を通るとき、「指が腐る」と言って、両手の親指を掌の中に折り隠して、息を止めて、その家の前を走り抜けていた。


父の家の広い土間には、長い槍や御用提灯が掲げてあり、二階の納戸には、「金行孫子郎」と銘の入った漆器類が、いくつもの黒塗りのお櫃《ひつ》に入っていた。

あるとき中学生になった私の弟・幹雄が父にきいたことがある。

「ぼくは、みんなから『金《キン》ちゃん（金行の金だけとった）キンちゃん』と呼ばれるけど、ぼくの先祖は朝鮮人だったの？」

「日本は雑種民族だよ。北から来た民族、白系ロシア人、アイヌ、南の方から来た民族、中国大陸、朝鮮などからの民族。その中では、朝鮮から来た民族の血統が確かと言われているよ」

またあるとき父がこんなことを言ったことがある。仁徳天皇陵が発掘されないのは、朝鮮関連の事実が明らかになるからだ。平家の先祖は桓武天皇だが、天皇の母の家系は渡来人（百済から？）と言われている。また源氏の将軍は新羅三郎源義光と言い、私の先祖はこちらである。朝鮮では百済と新羅の争いが絶えなかったし、日本では平家と源氏の長い戦いがあった。父は言う、天皇家にどんな血縁があろうとも、我々はユーラシア大陸の一族であり、日本の文化も大陸からやって来た。中国は父、朝鮮は兄、日本は弟である。同じ国の人たちが争うのも、一つの地球に生きる人たちが争うのも、すべては愚かなことであると。

一度だけ私が「おや？」と思ったことがある。それは私の就職についてである。日本銀行は、毎年私の通っていた女子商から一人を採用する慣わしがあったそうだ。先生から勧められた私は、お金を扱う銀行は好きではなかったので断った。次に先生が勧めてくださったのは、アメリカの貿易会社だった。給料が抜群に良かったし、将来の展望にも興味があった。私は父に相談した。

「原爆を落とした国に使われるのか」

その言葉には、父にしては珍しく怒りと軽蔑が含まれているようであった。父のその一語で、私は米貿易会社への入社を止めたのだった。

原爆の日の六日と七日、家族や私を探して、広島中、東西南北に歩き回った父が目にした惨状、一瞬にして瓦礫と化した街、目を疑うような地獄の中で、それが人間とは想像もできない無惨な姿で死んでいった人びと、死んでいく人びと………

それらを目の当たりにしながら、手を差し伸べる術すらなかった、あの日と、その後の年月。

父は原爆を落とした側の国に強い怒りと、人間としての侮蔑感を持っていたのであろうか。「あの時、米貿易会社に就職していれば……」、六十歳になって英会話の勉強に苦労した私は、何度もそう思ったりもした。

また、結婚後私たちが鎌倉に越してきて、父が最初に来鎌した翌日の夕食時
「今日はいい日だった。ご先祖様のお墓参りをしてきた」
と、この上ない笑顔で言った。源頼朝の墓の裏山の中腹に二つの矢倉《やぐら》墓所があり、一つは島津家の、もう一つは大江広元の墓だった。現在では案内板が立てられ、観光ポイントになっているが、私たちが越してきた三十数年前は、薄暗い矢倉の中には落ち葉が溜まり、枯れ枝が投げ込まれていた。父は良く見付けたものだと思う。

私の家の庭には、父の処女作だという花崗岩の臼がある。三男が産まれたとき、父が広島から送ってくれたもので、父は子供用の杵も作り、餅つきを教えてくれた。以来、年末の餅つきは我が家の伝統行事となり、父亡き現在も毎年欠かさず続いている。父が作ってくれた子ども用の杵は、孫たちの成長とともに使えなくなり、みんなで父をしのびながら餅つきの際の薪にした。また、私の三人の息子たちに一つずつ形の違う石灯籠も作ってくれた。石を心底愛していたのだろう、コンコンと鑿《のみ》で石を彫っているときの父の幸せそうな顔がいまも目に浮かぶ。私の三男が小学校一年生のとき、父は初めて鎌倉に遊びに来たのだが、とりわけこの末孫を可愛がってくれた。

「末っ子が可愛いのは、親と一緒に過ごす時間が短いからだ」
末孫を膝にのせて、つぶやいた父。原爆死した私の弟、小学校一年生だった英雄を思い出していたに違いない。

私は女学校卒業と同時に就職した。本当はもっと勉強がしたかった。独学をしてでも広島大学に入ろうと決心して、数学と英語にしぼって猛勉強した。教科書はどこで手に入れたのか覚えていない。ノートは一冊だけ、それに鉛筆で書き、その上に青鉛筆、またその上に赤鉛筆で重ね書きをしたのだ。狭い我が家で、私の一番の勉強時間は、入浴の時間であった。当時の風呂は「五右衛門《ごえもん》風呂」（鉄でできた丸い湯船で、中蓋を兼ねた板を踏み沈めて入浴する）だった。水も節約したので、湯は半分くらいで、体を沈めても湯船の上の三分の一くらいは乾いている。そこをノート代わりにして、指に湯をつけては漢字や数字、英語を書いて勉強した。温まった湯船に書いた字は、すぐに乾いて消える。それは尽きることのないノートであり、その狭い風呂の空間は私だけの個室であった。

被爆の翌年・昭和二十一年には、インフレを抑えるためとして、通貨切り替えが行なわれ、預貯金も、一世帯当たり一ヵ月の預貯金の引き出し額が五百円ほどになり、残りの預貯金は無価値となってしまった。したがって、生活は極貧となったが、私は一縷の望みを捨て切れないで独学を続けた。しかし遂に諦めざるを得ない時が来た。私は父母に隠れて、ひとり泣きながら大事な教科書を風呂の竈《かまど》で燃やした。

私は家の傍にあった逓信局に就職した。職場が近いということだけではなく、庁舎の隣りに逓信病院が付属していたからであった。私のわずかな収入だけが、一家の定収入だった。中学生だった弟は、両手の指から血を流しながら木舞掻き《こまいか》き（壁の下地とする細い竹を方眼に編むこと）のアルバイトをした。それぞれが病躯をおして働くが、生活は苦しくなる一方であった。ついに倒れて起き上がれなくなった母を、みんなで説得して病院に連れて行った。病名ははっきりしないが、薬が与えられた。しかし何日経っても母は起き上がることができず、容態は悪くなる一方だった。母は薬を飲んでいなかったのだ。

「薬がなくなると、あなたたちがまた薬を買いに行かなければならないでしょ？」

被爆者が、これほど辛い生活をしていても、政府は何の援助もしてくれなかった。被爆者医療法ができて、被爆者の医療が無料になったのは、被爆後十二年経ってからだった。それまでに、どれほど多くの被爆者が亡くなっただろうか。

父は、決して怒らない、愚痴はこぼさない、そして寡黙な人だった。新聞がとれるようになってからは、一日のうちの何時間かは新聞を読んで暮らしていた。記事を読み終えると、パズルやクイズにもトライしていた。恐らく毎日の新聞は一字残らず読み切っていただろう。そして情報に流されず、自分の目と心を通して判断する人であった。若い時は石工として日本全国を歩き、また海外の仕事にも出かけていた。陸軍上等兵の軍服を着けた父の写真もあるが、戦争の話は聞いたことがなかった。結婚してからは軍属として中支に行っていた。私たちが「坂」で暮らしていたとき、突然一本道の向こうから笑顔で近づいてくる父を見つけた。うららかな、温かい日射しとともに、そのときの父の笑顔が忘れられない。その夜、なかなか寝つかれなかった私は、隣の茶の間で話す父母の声を聞いた。

「日本兵は悪いことをするよーのおー」

「支那人《しな》（当時は中国のことを支那と呼んでいた）を捕まえて、二頭の牛に片足ずつ縛り付け、牛の尻を叩く。牛は二方へ逃げる。そのようにして人間を裂いた」

私は恐ろしくなって震え上がり、ますます眠れなくなってしまった。

「また、日本兵たちは、婦人を見つけると片っ端から犯した」

「あなたも？」

控え目な母の声、

「わしは、せんよ」


かつての日々、板切れでさまざまな型の舟を造って盥《たらい》に水を張り、楽しそうに英雄と遊んでいた父は、今度は私の息子たちに、いくつもの舟を作ってくれた。マストを立て、色づけした立派なものもあった。

「正夫は短気だから、柔道は教えない」

と父十太郎（柔道の指南だった）は守りの術だけしか教えてくれなかった、と父は言っていたが、ある夜の団欒の後、小・中学生になっていた私の息子たちにせがまれて、笑いながら、和室へ行った父。

「気絶した人を活かす術だけじゃよ」

それなのに、和室からは、どたん、ばたんと大きな音を立てて倒れる音が聞こえてくる。

私が覗いてみると
「さあ　三人でどこからでもかかって来い！」

父の構えは堂に入っていた。


また、ある夜の父と息子たちの団欒。

「おじいちゃん　喧嘩したことある?」

「うん　あるよ」

「おじいちゃん　強いの?」

「ああ、負けたことはないね。だが、自分から仕掛けたことはないよ。売られた喧嘩は買った。正夫を一度やっつけてやろうじゃないかと、十数人の若者たちが、団体で喧嘩を申し込んできた。いいよ。だけど、ひとつ条件がある。そちらは多勢で、わしは一人じゃ。時間と場所は、わしに決めさせてくれ」

父が選んだ場所は、細い一本道の片方が切り立った山、反対側は谷。時間は日が沈む時間。相手はどんなに多勢でも、一人ずつしか、かかってこられない。多少なりとも柔道を身につけた父に、一対一で敵う者はいなかった。眩しい西日を顔に受けながら、掛かってきた二、三人を投げ飛ばしたら、敵勢は逃げたそうだ。

また、

「正夫は気が短く、手が早いから、気を付けた方がいいよ」

母が結婚したとき、姑のフサがそう言ったそうだ。

私が父にきくと

「家内や子供を殴るのは、猫を殴るより易しい、猫は逃げる。逃げないものを殴るのは男ではない。わしは結婚するとき決めた。家内や我が子は絶対に殴らないと」

父は三十歳で母と結婚した。母が十三番目のお見合い相手だったそうだ。

「まるで天女のように綺麗だったよ」

父を変えたのは天女だったのかもしれない。

父は終戦前の何年かは満州で働いていたが、腰を痛めて、原爆の前の年に帰国していた。晩年テレビを買ってからは、ニュースとドキュメンタリーを見ていたようだ。私は知りたいことがあると父に尋ねた。日本のこと、世界のこと、歴史・地理・政治等々、父は何でも知っていた。

私だけではない。近所の少年もいろいろな質問や疑問、また悩みがあるたびに父に会いに来た。

「感性が鋭くて、頭の良い子だ。だが、あの家庭環境で、悪い方に行かなければいいが……」と心配し、それとなく少年を支えていたようだった。少年の家は四人の子供と母、祖母の母子家庭だった。盗みをしなければ食べていけないときもあった。私より一歳年下の長女は十四・五歳の頃からバラックのカーテンを閉めて、男性を招き入れていた。近所の人たちから「不良」と蔑《さげす》まれたが、いま思うと、生活を支えるためではなかったのだろうか。少年は、父が心配した通りの不幸な人生を送った。原爆は、こうして人びとのその後の人生をも狂わせたのであった。

昭和六十一年十二月三十日夜、お風呂から出ようとして転倒した父は、頭部が切れ大量の出血をした。家庭医のようにしていた近くの医院に行ったが、年末の休診に入っていた上に、医師は晩酌を終えて、多分に酔っていた。もともと外科医なので、すぐに傷口を縫って応急手当をしてもらって帰宅した。

父は平素から傷負けをしない人だったので、傷は二、三日で治っていった。が、その頃から手や口が利かなくなっていったので、心配した母は懇意だった大きな病院の医師に頼んで入院させてもらった。正月明けにCT検査をすることになった。すでに手遅れだった。脳内出血が進んでいた。一月八日、父は八十九歳の多難な人生を閉じた。父の死後、判ったことがある。父は何年も前から大腸ガンだったという。当時は、ガンは死病とされ、本人はもちろん、家族にも告げない医師が多かった。

父の生涯は、真面目で、常に貧乏。

苦しい生活のすべてを母に任せきっていた。

父の最期の言葉は、母への
「ありがとう」

だったという。

父・正夫

# 6　姉・美津子

私の母の実家（土井）の祖母、キクに育てられた姉・美津子は、その朝、祖母の家の台所で原爆の閃光を見た。鋭い閃光に、庭の砂土の粒子が一粒ずつ立ち上がったと言う。

気がついたら隣家・村井さんの流し台の下にいた。

祖母の家と村井さんの家の間には通路がある。姉は、一瞬で二軒の家の壁と通路を抜け飛ばされたことになる。

当時は土壁で、壁は木舞《こまい》（壁を塗るとき、下地とする方眼に組んだ細い竹）の上に、荒壁、下塗り、中塗り、上塗りと何重にも塗り固められている。特に木舞は刃物を使わなければ切り裂くことはできない。あの日、崩れ落ちた家屋の下敷きになった人や、助け出そうとしても不可能だった多くの人たち。この木舞壁も障害となったのではないだろうか。姉はどのように二軒の壁の向こうに飛ばされたのだろう。被爆の瞬間には不思議なことが多い。私自身、貯金局の建物の窓の傍に立っていたが、気がついたら広い部屋の中央の太い柱の根元にしゃがんでいた。窓と柱の間には多くの職員の机、椅子は勿論、事務機具や、いくつもの大きな書棚が並んでいた。

姉は自力で這い出したが、顔中、特に両目の辺りに大怪我をしたらしく、大量の血が流れてくる。それを手で拭きながら

「この下に松子さんと正勝がいる！　助けて！」

と叫んでいる祖母の声の方へ行こうとしたら、背後から村井さんのご主人・あきらさんの声がした。

「みっちゃん、わしをここから出してくれ。わしも手伝うから」

見ると、あきらさんの両足は柱や板に挟まれている。それらを取り除いて二人で祖母のところに駆けつけた。そこへ出勤途中だった富子叔母が戻ってきた。母や伯母（母の姉・友田初代）も駆けつけてきた。やっと母子を助け出した時には傍まで火が迫っていたという。

姉・田中美津子は、私の異父姉である。私たちの母・春子は、土井米一郎とキクの次女として生まれた。「土井」は貧乏で、子だくさんだったため、母は末弟をおんぶして白島小学校へ通ったという。米一郎には、スエ、ユハという二人の妹がいた。

一人は藤田組の初代社長・藤田一郎と結婚した。スエが結婚したとき、藤田一郎はまだ材木屋の職員だったが、その後独立し一代で「藤田組」を海外にまで発展させた。被爆後の人も羨む私たちのバラック・三角家は「藤田」からもらったものだった。

ユハは本田権平と結婚した。「本田家」は広島屈指の証券会社を持つ富豪であった。少女になった母は、行儀見習いとして「本田家」で暮らした時期があったという。「本田家」の生活は殿様屋敷のようだったと、母は言う。奥座敷の床の間を背にして足つきの御膳《おぜん》で夕食をとる義叔父の給仕役は母だった。叔母は、まるで日本画から抜け出したような美人で気品があり、しつけの厳しい人だったが、叔母自身は女中たちと一緒の部屋で食事をする質素な性格だったという。母は、ここで茶道、華道・琴を習った。義叔父夫妻には子どもがなく、義叔父は毎夜お妾さんのもとへ通う。毎夕決まった時間に、決まった人力車が迎えに来ると、叔母は必ず玄関まで見送りに出て正座し三つ指をついて「行ってらっしゃいませ」と義叔父を送り出していたそうだ。

被爆した翌朝、私は飯田さんに御幸橋のたもとで待ってもらって、この叔母の家に行き家族の様子を知ったのであった。義叔父の会社には有望な商社マンがいて、義叔父は彼・田中豊《ゆたか》を自分の右腕のように大事にしたし、叔母も彼に愛情を注いでいた。その豊さんと母は、いつしかお互いに恋心を持つようになっていった。二人はみんなに祝福されて、まばゆいほどの結婚式、母・十九歳のしあわせな花嫁。そして翌年長女（美津子）が誕生した。しかし、幸せは長くは続かなかった。豊さんが腸チフスに罹り数日の入院後に亡くなってしまい、傷心の母は美津子を連れて実家・土井へ戻って来た。

土井は大家族である。長男・寅男にお嫁さんを迎えるようになったとき、美津子を祖母・キクに預けて、母は再婚しなければならなくなった。母は二十三歳で私の父・金行《かねゆき》正夫と結婚した。写真だけのお見合い結婚で、結婚式のとき、〝隣りに座っている人が夫になる人だなあ〟と思ったけれど顔を見ることもできなかったと言う。

「金行」家は、広島から汽車で三十分、呉《くれ》線沿岸の村にあった。

「正夫は長男だが、結婚したら広島に上品な小物の店でも持たせ、生活が落ち着いたら美津子ちゃんは引き取りますからと」と、父の母・フサは固く約束をしたが、すべては空手形であった。

母は家父長制の長男の嫁として大家族の世話と、その上、百姓までしなければならなかったので、美津子は、そのまま「土井」で育てられた。そして大人たちの愛情を一身に受け我が儘に育って行ったが、成長するに従って、「自分を棄てた」母を憎み、「母を奪った」私の父への憎しみを覚えるようになっていった。姉は十五歳で電話局に勤め、被爆したときには家の近くの逓信局へ配属されていた。色白で博多人形のように可愛く、その上弾けるように派手で愛嬌のいい姉は「みっちゃん、みっちゃん」と若い男性たちの人気の的だったようである。何年かして同じ逓信局に私が就職したとき、青白い顔、お下げ髪、黒っぽい服装、地味な性格の私を見て
「えっ、みっちゃんの妹？　修道女のようだね。」と、みんなが驚いたという。

姉は美しい盛りの十九歳のときに被爆し、前述のように顔に大怪我をした。特に両目の周りの傷はひどく、治癒後も黒い大きな傷跡が残った。

「傷が日立たないように整形することができますよ」と後年医師から薦められることもあったが、

「盲目にならなかっただけでも幸運だったのだから、もう顔にメスを入れたりしない方がいいよ」

姉にとっては親代わりの祖母・キクの言葉に従った。しかし
「お嬢さん　顔に墨がついていますよ」

と、人から注意されるたびに不幸感と怒りを抱き、反骨精神が強くなっていった。

「日本中、世界中に原爆が落ちればいい。そしたらみんな私の苦しみが分かるのよ」

また、こつこつと反核活動をするようになった私を「余計なことをするんじゃない。あんた世界を変えるつもり？　偉そうに！」と詰《なじ》り、「親と一緒に暮らしたあんたには私の苦しみは分からない」、と言って私を責めた。

〈親に棄てられた〉〈原爆の傷〉〈学歴がない〉

など、など。

〈私ほど不幸な者はいない〉

〈だけど人には絶対負けない〉


四十歳代半ば頃だったと思うが、姉は郵政局（前逓信省）のかつての上司のすすめで通信サービスＫＫへ転勤をした。未経験の経理の仕事だったが姉は一生懸命勉強し努力をして、「経理はみっちゃんに任せれば安心だ」と信頼されるようになって行った。姉の根柢を貫いていたのは〝学歴がない〟というコンプレックスと〝人に負けない〟という意志の強さであった。

まだ女性が職場に進出するのは稀な時代だったが、姉は管理職となり会社の金庫番となった。

元来我が儘な性格の上に自尊心の強い姉を同僚や部下たちは、当時皇太子妃となった「美智子

妃殿下」に合わせて「美津子妃殿下」と呼んで、妃殿下のご機嫌を損ねないようにしていたようで、本人もそれを喜んでいた。また、姉の気性を知っている親族は誰一人として逆らうことはしなかった（できなかった）が、特に「私を棄てた親だから」と事ある毎に責められていた母はどんなにか辛かったことだろう。

多くの男性にモテていた（自称）姉なのに一生を独身で過ごした。常に結婚願望はあったのに何故だろうか。そして家族として一緒に暮らした日はなかったのに、姉は私の人生を支配し続けたので、姉とは性格も考え方も全く違う私は辛かった。しかし、「豊さん（姉の父親）はいい人だったのに、どうしてあんな子になったのでしょうね」と独りごちする母が一番辛いのを私は知っていた。

晩年の母は私の家族と一緒に暮らした。そして姉七十三歳、私が六十八歳のときに母は脳梗塞で倒れ入院二晩で亡くなった。突然の死に泣く私に姉は厳しく言った。「おセンチ（感傷）になるのもいい加減にしなさい！　私はこれで安心したわ」

姉の目に一滴の涙もなかったが、姉は自分の心で苦しみ続けた母への憎愛から解放されたことを私は知った。また母の死によって私たちには今まで感じられなかった姉妹愛が生まれたのであった。

「晩年のお母ちゃんは幸せだった。それはあんたのお陰よ」、私と会うたびに姉はそう言う。

「私より先に死んでもらったら困る。あんただけが頼りなんだから。私の財産は全部あんたにあげるからネ」

原爆後はみんな貧しかったが、生まれ故郷である広島で家族全員が被爆し家の支柱を失った土井一家と、病気のために父が離職していた私の家は特に貧困だった。しかしその中を助け合って生き抜いてきたせいか、みんなお金より愛情を大事にする人間であった。が、姉は違った。「金がないのは首がないのと同じ」と、お金に執着した。六十三歳で退職し認知症が始まってからの姉は、ひとり暮らしの自宅のあちこちに預金通帳と現金を隠し、忘れては探し、見つけると違う場所に隠し替えてはまた探すという日々を送った。

二十歳代で単身広島を離れ、人生の大半を大阪で過ごした姉は現在九〇歳、地元のグループホームに入居している。入所当時は、目を吊り上げ荷物をまとめて、「帰る！」と相当抵抗したようだが、今は別人になったように、ホームの生活に溶け込んで穏やかに暮らしている。

目に入れても痛くないほど姉が可愛がってくれた私の息子たち、奈良在住の次男が毎月、神奈川県在住の長男が年二回ぐらい、東京暮らしの私は一年に数回姉に会いに行くが、姉はもう息子たちを思い出すことはできない。

私はときどき姉に電話を入れる。電話の向こうで姉は言う。

「あんただけは覚えているからね。また二人で旅行に行こうか、お金は姉ちゃんが出してあげるからね。あんたが広島へ帰るときは私も一緒に帰るからね。金は姉ちゃんが出してあげるから」

私は姉のマンションに二、三週間滞在して、姉の家に関すること等をしながら姉に会いに行くが、元気だった姉が暮らしていた家のあちこち、特に台所では、姉の姿を思い出して切なくなる。

「大阪へ出てきたときはお金がなくてね。これは百五十円で買ったフライパンよ」

「あんたと一緒に東京で買ったカーテンよ。私はサイケ調が好きだからね。変わった柄だけど」

先日会いに行ったとき
「あんたの顔は忘れないからね」と笑う。
三、四時間思い出話などして過ごし、私が帰ろうとすると突然思い出したように姉は言った。
「おばあちゃん（母のこと）はどうしている？　長いこと会わないから顔を忘れそうよ」

姉を残しては死ねないと私はいつも思う。もし彼岸があるとしたら、そこで母子三人、ほのぼのとした時間を過ごしてみたい。

## 7　妹・静子

静子は、私より五歳年下で原爆のときは九歳であった。しかし、私の弟・幹雄や、従弟・正晴と共に学童疎開で山間のお寺にいたので直接の被爆はなかった。が、焼け跡での生活で当然内部被曝はあっただろう。静子は子供のときは、大人しい目立たない子だったが、成長するにつれて聡明で明るい娘となっていった。

貧困のどん底にあったとき

「お兄ちゃんは男だから、せめて高校だけは卒業しなければ」

と、自ら高校を中退し、郵政局の臨時職員のタイピストとして働いた。そして出勤前や帰宅後に家事を手伝うときは、いつも歌声が絶えなかった。

静子が、県主催のタイピスト競技大会で優勝し大きな優勝カップを持ち帰ってきた。このカップは三年連続優勝すると個人のものになる決まりであった。

「お姉ちゃんが今年も出場していたら、優勝していてカップは家のものになったのにね」

と残念がったという。前年、前々年と私は優勝していたが、この年は難病のため東京の逓信病院に入院していた。私の入院は毎年繰り返され、軽癒して広島に戻ってくると、すぐに悪化し、また入院する。

一回の入院生活は半年にも及んだ。

ある日、「シズコ　キトク」の電報を受け取った私は急きょ夜行列車で帰広したが、間に合わなかった。病名は腹膜炎と肺炎。しかし、実は自死であった。私の小引き出しの中に、睡眠薬の空き瓶と二つに折ったメモが入っていた。

「花のいのちはみじかくて、苦しきことのみ多かりき」

十九歳であった。

私が家にいたら、静子は死ななかったのではないだろうか。父や母は病躯（いま思えばひどい原爆症）と貧苦に耐えながら、家族のために毎日懸命に働き、「お兄ちゃんはせめて高校だけでも」と静子が自分を犠牲にして支えた幹雄は飲酒に溺れるようになっていた。そして彼女が唯一の頼りにしていた私は死に至る難病と告げられ、事実静子がもっとも苦しんでいたときには、副腎皮質ホルモンを活性化するためのＡＣＴＨの注射のショックで死に直面していた。静子は遂に希望を失ったのであろう。

「あんたがいたら静子は死ななかったでしょうに」と、母は悲嘆に明け暮れ、私は自分の中に重い罪を背負った。また葬儀には静子の上司や同僚ほか他部課の人たちまで人勢参列してくださり、私たち遺族は驚くとともに悲しみは耐え難いものとなった。

静子の葬儀が終わった数日後、妹の同僚が家にやってきて涙しながら話した。静子は上司たちから信頼され愛情を注がれていた上に高校も中退した臨時職員が、いきなり県大会で優勝するなどしたので、タイピストの古参から妬まれて毎日が針の筵だったという。最後となった日も、みんなと共に職場を出た静子が家とは反対方向に歩くのをみて、「まさか睡眠薬を買いに薬屋に行くのではないでしょうね」とその古参が声をかけたという。

彼女（古参）について少し触れよう。逓信局は私の家の傍にあり、隣接して逓信病院があったので、病気がちだった私はここを職場として選んだのであった。私が配属されたのは秘書課文書係、そこでタイピストとしての訓練を受けながらの仕事が始まった。十六歳の新入職員が私を含めて四人いただろうか、ひとりひとりに先輩がつき手ほどきをされたが、私の隣席の新入職員を指導したのが、この古参であり、親切で優しい教え方は新人たちの憧れの的であった。

私が入局した一年後逓信省は日本郵政（現ＪＰ）と日本電信電話公社（現ＮＴＴ）に分離され、私を含む若い四人が電電公社へ、先輩たちは郵政省へ希望転職した。逓信局はＬ字型のユニークな重厚な建物であり、被爆の翌日重傷の私は瓦礫と化した広島の街を縦断し、向こうにこのＬ字型の建物が見えたとき「ああ帰ってくることができた」と喜びを噛みしめたのであった。そのＬ字の右翼が郵政局、左翼が電電公社として使われることになった。静子が働くことになったのは右翼の郵政局で、前述の優しい先輩にタイプライターの手ほどきをうけるようで、「妹をよろしくお願いいたします」と私は先輩に頼んでいたのだった。

「お葬式の日に○○さん（古参）は見えなかったでしょ？　参列することができなかったんですよ、きっと」

告別式のとき古参の姿がなかったことを私は不審に思っていた。彼女に会いたいとも思った。しかし退院後の私は同じ庁舎内で働いていたにもかかわらず、何故かその後彼女の姿を見ることがなかった。

葬儀の日、不思議なことが起こった。原爆後、母は毎月七日にお坊さんに家に来てもらって、原爆死した英雄のためにお経をあげてもらっていた。よれよれの僧衣を着た貧乏な僧侶だった。静子は、このお坊さんを大変嫌っていた。あるとき、母が座を立った隙《すき》に、お供えのお饅頭に触ったという。飢えていたのであろう。人の好き嫌いを口にしなかった静子が、このお坊さんだけは大変嫌った。葬儀の報せを受けたお坊さんは、通い慣れた私の家へと向かったが、すぐ近くまで来て何度も同じ道を巡るばかりで私の家に辿《たど》り着くことができない。告別式の時間が過ぎても、お坊さんは来ない。静子に別れを告げてくださる参列者は、家の前にも道いっぱい、向こうの道まで溢れてきた。近所の人が、近くの万行寺《まんぎょうじ》の住職を呼びに走ってくださった。万行寺さんは高僧で体格も立派だった。いつものお坊さんが我が家にやっと辿り着いたのは出棺のずっと後であったし、いつものように、よれよれの僧衣を纏《まと》い、疲れ果てた貧相なお坊さんであった。

「万行寺さんが来てくださって、本当に良かったわね。あんなに大勢の人たちが参列してくださった…………　立派な万行寺さんがお呼びできて良かったわ」

母が、そうつぶやいていた。

万行寺は、静子の職場の窓から見下ろせる所にあった。

「万行寺の墓地はきれいね。いつも掃除が行き届いていて、どのお墓にも美しい季節の花が供えてあって……　枯れたお花が残っているのは見たことがないわ」

静子は辛いとき、窓から万行寺の美しい墓地を眺めて自らを慰めていたのだろう。静子の死後、父は「坂」にあったお墓を万行寺に移し、静子が働いていた郵政局の窓の方に向けて、自ら墓石を刻んだ。生前の母と私は、墓参のたびに、その窓を見上げて、しばらくはじっと佇むのだった。

近年、私は帰広のたびに、幼馴染《おさななじ》みで被爆者の西岡誠吾ちゃんと会う。あるとき街を歩きながら誠吾ちゃんが言った。

「この二階の喫茶店で、静ちゃんとデートをした。家を出るときは別々に出て、途中で一緒になっていた。…………　あれが僕の初恋だった…………」

〝ああ　静子にそんなときがあったのだ。ありがとう〟

辛く短い人生だった静子の青春に、淡く甘く香るバラが開いていたのを私は知ったのであった。

# 8　祖母・土井キク

どうしても書かなくてはならない大事な人、祖母（母の母）。しかし被爆に関しては多くを語れないのである。というのは、私が祖母から聞いた被爆時の話はごくわずかしかないからである。あの時、祖母は庭に出て洗濯物を干していた。顔面に強烈な閃光《せんこう》を浴び、驚いて縁側に駆け上がった瞬間に家が崩れ落ちてきた。祖母は崩れた家の下から這《は》い出すことができたが、座敷で赤ちゃんにお粥《かゆ》の汁（当時、嫁の松子さんは栄養不良のためか母乳が出ず、ミルクもなく、お粥をすりつぶして飲ませていたという）を飲ませていた母子が下敷きになっていた。

私の母と伯母が駆けつけたとき、祖母は崩壊した家の一カ所を指さして、

「ここに松子さんと正勝が埋まっている！　早く掘り出して！」

と叫んだ。

しかし崩れた祖母の家の上には二階建ての隣家も崩れて覆《おお》いかぶさっていたし、赤ちゃんの泣き声も聞こえてこなかった。

「ここに松子さんと正勝が！」

と一カ所をさして狂ったように叫ぶ祖母がいなかったら、二人を救い出すことはできなかっただろうという。

二人を掘り出したときには、すでに火が廻っていた。急いで川に向かって逃げた。「みんな

裸足《はだし》で瓦礫《がれき》を踏んで走ったのに、どうして足の裏に怪我をしなかったのかしら」と、そのときを思い出すたびにみんなで話している。

被爆後の日々は非常につらいものであった。とくに一家の支柱だった伯父を被爆後二週間で失った祖母一家の悲嘆と苦しみは大きく、家族の一人ひとりがその後の人生できびしい道を歩くことになった。被爆後、祖母の一家と私の家族と二つ並べて建てたバラックは、台所部分だけは一つ屋根の下にして一軒の家のようにした。長男（寅雄）という支えを失った祖母の強い希望からだった。バラック生活の中で、私は祖母といっしょに行動したことが比較的多かったかもしれない。ミヨちゃんのお父さんが家族の消息をたずねてみえたときも、私は祖母と二人で道路に木片を干していた。夕方、ミヨちゃんのお父さんが「ミヨの遺骨です」と小さな箱を持って帰ってこられたときも、祖母と私は表で何かをしていた。

当時は、焼け跡から焼け残った木切れや消し炭《ずみ》を拾ってきて、天日《てんぴ》で乾かすことに多くの時間を使った。消し炭を拾っていると、よく人骨に当たったった。からからと消し炭よりも軽い人骨であった。その日も、祖母と私は、木切れや消し炭を道路に広げて干していた。太陽が昇ったばかりの、朝の早い時間だったと思う。そこへ、大きなリュックを背にした一人の兵士が近づいてきた。

「ここは西白島《にしはくしま》でしょうか？」

祖母が仕事の手を休めて答えた。

「はい、そうですが。どなたをお探しですか？」

兵士は、少しの間ためらって、

「いえ、いいんです。四番地だったか、七番地だったかよく覚えていないので……」

「ご親戚《しんせき》をお探しですか？　白島の人はたいてい知っていますが」

「ありがとうございます。でも、少し歩いてみます」

兵士は、はにかんだ微笑を残して去って行った。

「あの人も、家族をみんな亡くしてしまったんだろうね」

祖母のつぶやきを聞きながら、私は悄然として立ち去る兵士の後ろ姿を見送った。夕方、私は何かのお使いからの帰り道、向こうからとぼとぼとうつむいて歩いてくる人影を見た。朝の兵士だった。

「お会いになれなかったのですか？　ここは東白島です。西白島は向こうです。もう一度、お探しになってみませんか。お手伝いします」

しかし兵士は悲しげに首を振り「諦《あきら》めて帰ります」と言った。すっかり疲れ、気落ちした様子だった。私は駅への道を指さした。教えるまでもない、焼け野原の一本道だった。

バラックが点在する瓦礫《がれき》の広島に復員してくる兵士たちは、焼け跡で生きる人びと以上に淋しい影を背負っているように見えた。私にも、駅に復員列車が着くたびにひそかに探した兵士があった。戦争末期、母が作った戦地への慰問袋の中に、私は一枚の葉書を入れた。しかし、海上は当時、アメリカ軍潜水艦によってほとんど封鎖され、慰問袋が届く保証はなかった。本土決戦が叫ばれ、女性や年寄りまで駆り出して竹やり訓練が行なわれ、国内の郵便も途絶えがちになっていたある日、遠い戦地から東シナ海を越えて、見知らぬ兵士から私のもとに一通の手紙が届いた。花の咲く野原でほほえむ、若い兵士の写真が添えられていた。

「敵弾の雨の中を腹ばって進むときに、ふと目の前の可憐な草花に心を奪われて、ここが戦地であることを一瞬忘れます」

「野戦テントの一夜です。美しい月夜です。静かな大地です。戦友たちは一杯の酒を分かち飲み、一本の煙草を分け合って、ひとときの平安を噛みしめています。私は〝青い目の人形〟を歌いました。明日はまた砲火の下です」

青い眼をした　お人形は　アメリカ生まれの　セルロイド
日本の港へ　ついたとき　一杯涙をうかべてた
わたしは言葉が　わからない　迷ひ子になったら　なんとせう
やさしい日本の　嬢ちゃんよ　仲よく遊んで　やっとくれ
（このとき日本はアメリカと戦争をしていた）

それからしばらくして、広島、長崎に原爆が落とされ日本は戦争に敗れた。

ある日、祖母が一通の手紙を受け取った。被爆後はじめて手にする手紙だった。外部との音信が絶えた広島に配達された手紙。白島《はくしま》と地名だけがあって番地のない手紙。しかし宛て名は私だった。

「白島の西も東もわからないまま探しました。
バラックの一つ一つを覗いて、何度も何度も探しました。
夕方、一人の少女に会いました。
『ここは東白島です。西白島は向こうです』
と教えてくれました。
あの少女のように、あなたも生きていてください。
生きてこの手紙を読んでください。
戦地でいただいた葉書、今は私が祈っています。
どうか生きていてください。
もし、生きていてくださったら、人の世を恨まず、拗《す》ねず生き抜いてください。
そして、もしこの手紙が届きましたら、ご一報ください」

その後、この人は、食糧を詰めたリュックを背負って、たびたび私たちを訪れてくれた。祖母とその人は、お互いに人間的に魅《ひ》かれ合っていたようだ。彼は、静かで優しい人だった。バラックに雑魚《ざこ》寝《ね》して、〝青い目の人形〟を歌ってもらったこともあった。しかし戦争の話はしなかった。

「草深い田舎で、年老いた母がひとり私の帰りを待ってくれていました。その母を残して、私はミツバチと一緒に花を追って日本中を歩くことにしました。異国で倒れて帰ることのできなかった戦友たちの言葉を、その遺族に伝えるために――」

祖母は、彼と私の結婚を望んでいて何度も私と母を説得してくれた。しかし私は、わずかながらも一家の定収入を得るために働かなくてはならなかったし、それに難病との絶え間ない苦しいたたかいがあった。

祖母たち(母の実家)とは、戦前は近所に、被爆後は並んで建てたバラックに、その後は道を隔てた向かい側に暮らしたので、祖母とは毎日のように会っていた。しかし祖母からは、泣き言や愚痴は、ただの一度も聞いたことがない。百四十センチたらずの小柄な体で、戦前は家父長制下の家の長男の嫁として、戦後は義伯母のかわりに主婦として、育児、家事、そして何より家族の心のよりどころとなって生きた。

祖母にくらべ、祖父は美男子で偉丈夫《いじょうふ》だったが、天性の楽天家の上に、一家の生活を支えるという使命感が薄かったようで、祖母は若いときから生計を支えるためにも働かなくてはならなかった。しかし、そんな話をするときにも、子供のように無邪気なのであった。

その年は特別桜が美しかった。

四月十二日、この日を待っていたかのように満開になった花の中を、小さな祖母はしずかに昇天して行った。

百三歳であった。

# 9　祖父・土井米一郎

私の母方の祖父の名前は、土井米一郎。背が高く、体格もよく、美男で、歌舞伎俳優のような品格と威風があった。ところが、その人柄は他に類がないほどの楽天家だった。若いときから、職を転々と変え、一番長く続いたのは銭湯屋だったという。ただ、その仕事もすべて妻・キク（祖母）に任せ、自らは趣味に明け暮れた。

祖父の趣味の第一は菊作り。菊の時期になると、広い玄関は立派な菊の一本植えの鉢で埋まり、人間はその横を通って座敷に入らなければならなかった。裏庭の、もともと納屋だったらしい建物の中には、さまざまな小鳥を飼っていた。また晴れた日には、よく釣りに出かけた。釣って帰るのは、いつもベラばかりだ。大きな盥《たらい》に水を張って、それを放つ。ベラは美しい魚だ。澄明な水の中で体をくねらせて泳ぐ、その体は七色に変化して輝き、子供たちは時の経つのを忘れて見入った。祖父は、その光景をにこにこと眺めているのであった。ベラは、魚肉が柔らかくて不味い魚だといって、祖母はちっとも喜ばず、食卓にのせることはなかったが、祖父はそれをまったく気にせず、いつもベラばかり釣ってきた。

祖父の仲良しに、熊さんという人がいたそうだ。二人は祭りや催しの賑わいが大好きで、バナナの叩き売りや、ラムネやソーダ水売りを楽しんだという。大きな樽に割り氷を入れ、ラムネなどを冷やして売る。品物が少なくなると、樽に大量の割り氷をぶち込み、太い棒でそれを掻き回して、威勢のいい音を立てて売りさばく。こうして、米《よね》さん、熊《くま》さんは有名で、祖父は「祭り男」とも呼ばれていた。

昔はよく祭りがあった。神社の祭り、夏の盆踊り、納涼………。祖父は太鼓も打てず謡いも踊りもできなかったが、米さんの姿が現れないと祭りは始まらなかった。私も祖父の遺伝子が伝わったのか、楽天家であり、また祭り太鼓を聞くとじっとしていられなくなる。祖父にはまた面白い癖があった。大便のとき裸になるのである。当時は着物（和服）だったので上下が分れていない。便所の前に着物が脱いであると家族はしばらく待たなければならないのであった。

祖父は、川土手の近くに広い土地を借りていて、そこはすべて花畑だった。四季折々の花々が無秩序に咲き乱れ、その中には無花果《いちじく》、枇杷《びわ》の大きな木や、茱萸《ぐみ》や桜桃《ゆすらうめ》などがあり、小さな小屋もあった。孫の私たちは、よく祖父の畑へ遊びに行った。私は花を楽しむため、弟や従弟は木の実が狙いだった。母の話によると、祖父は、川向こうの「横川町」に花を売りに行っていたらしいが、お金は家には入れなかった。そして、食糧難になってからも野菜なども一切作らなかった。

「本当に、家のためには何もしない人だった」

母は笑いながらこぼしていたが、祖父は誰からも憎まれない人間であった。

飢えが極に達していた原爆後、私たちは、草を煮たり、軍隊跡地から芋蔓《いもづる》を引っぱってきてたべたりしていた。その頃、人の噂で、江波団子《えばだんご》を売っていると聞き、みんなで遠くまで買いに行った。
襖《ふすま》だんごとも言っていたが、本当に襖《ふすま》のようなものや藁のようなもので作ってあって、喉を刺すような、いが味があって決して美味しいものではなかった。しかし腹もちはいい。ただ、それを食べた人たちはみんな便秘になり、また団子のせいではないかも知れないが、すべての人に回虫が湧いた。回虫は、白くて太い蚯蚓《みみず》に似た虫で、便と一緒に出てくるが、大変気持ちが悪かった。ひどい時には回虫が何匹もの固まりになって腸の中に住み着く。そんなときは便通に苦しんだ。

風の便りに、次には、白島から川を越えた隣町「横川」で、美味しい海草団子を売っているという話を聞いた。たしかにふすま団子よりもはるかに美味しい。海草が原料らしく黒かったが、ただ砂がジャリジャリと入っていたのが欠点だった。当時、盲腸炎にかかる人が多く、この砂が原因ではないかと噂された。しかし人気があって、早朝から行列ができる。直径四センチくらいのペタンコの団子が、一人四個、赤ちゃんも一人分となるので、赤ちゃんや幼児を連れた人もいる。私たち一家全員も夜明けと共に並んだ。それでもその店（掘っ立て小屋だったか、荷車だったか）には、近辺の人たちの長い行列ができている。後から来て、列に割り込もうとする人がいる。

「おーい、おい」

祖父の間の抜けた声に、その人は列から離れて行く。帰路、三篠橋《みささ》の上まで来ると。祖父の空腹は限界に達するようで、団子に齧《かじ》りつく。すると祖母が激しく怒る。

「帰ってから、大量の汁に入れて煮て、みんなの一日分の食料にするのよ！」

たとえ四個を全部食べても、祖父のお腹を落ち着かせることはできない小さな団子である。祖父はしぶしぶ諦めるが、翌日もまた同じように三篠橋まで来ると団子に齧りつく。祖母が怒る。


バラック暮らしの私たち一族の一番大きな財産は大八車だった。祖父の妹が、藤田組初代社長の妻だったため、そこからバラックの材料と、それを運ぶために大八車をもらった。大八車は、使わないときは、大きな車輪と荷台を離して、白島小学校の壊れた塀に立てかけて置いていた。ある日、一人の男の人が、路上で大八車を組み立て始めた。盗もうとするのだ。バラックの中から祖父と私は男性の仕事ぶりをじっと眺めていた。男性はやっと大八車を組み立てて、急いで車を引いて逃げようとした。

そのとき祖父が
「こーら　こーら」

と間の抜けた声を発した。男性は驚き、周りを見回しながら一目散に逃げて行った。

「あんたたち二人は、その男の人が組み立てるのを、じっと見ていたの？　早く注意をすればいいのに……」

母はあきれ顔をして、そう言った。

祖父は、長男を「寅雄」と名付け、次男は「熊雄」とした。三男が生まれたとき、「寅と熊がいたら岩がなくては」と「岩雄」と命名した。寅雄は原爆死し、熊雄と岩雄は病死した。

祖父の祖先は、広島県北部の山村で、筆作りをしていたそうだ。平家の落人だったといわれている。

八月六日の朝。祖父は畑にいた。爆心地から一・三キロほどだったろうか。小屋の外にいたにもかかわらず、無花果か枇杷の葉の茂みが直射光から祖父を守ってくれたようで、首筋に十円玉くらいの火傷を負ったのみだった。しかしその火傷は、日が経《た》つにしたがって首から背へと広がり、ひどい悪臭がして蛆《うじ》が湧《わ》き、暗い所では青光りを放つようになった。

祖父は焼跡でのバラック生活のなかでも、いつも朗らかに笑って過ごし、世の中が少し落ち着いてきてからは、家にお風呂があるにもかかわらず、毎日午後になると銭湯《せんとう》に通《かよ》った。そして夕方になるまで銭湯仲間と談笑して過ごすのが楽しみとなっていた。しかし、その仲間も一人また一人と欠けてゆき、晩年はどこか淋しそうだったが、戦後十二年たった九月三十日、八十八歳のとき三、四日寝込んだだけで逝ってしまった。

その最期《さいご》のときのこと。倒れたあと、「水がきたよー、水がきたよー」と起き上がろうとするのを、「大丈夫よ」と嫁である義伯母がおんぶし、部屋をあるき廻って逃げるまねをした。祖父が口にした「水がきたよー」には、被爆の年の九月の記憶があったにちがいない。

九月十七日、猛烈な台風が日本列島を襲った（「枕崎台風」と呼ばれ、年表を見ると死者・行方不明者三七五六名を出したとある）。私たちはやっとバラックを建てて住みついたところだった。祖母一家のものと私たち家族のもの、二つのバラックは道路より数十センチメートル高いところに並んで建っていたが、水は道路を越えて押し寄せ、バラックが浮き上がるかのようになってきた。

暗い夜だった。みんなは逓信《ていしん》局の建物の中へ避難することにした。だが祖父だけは「もう逃げんぞ！」といってバラックの中に座って動かない。ようやく祖母が強引に連れ出したが、一段低い道にさしかかった途端、転んで溺れそうになった。やっと逓信局の傍までたどり着いたとき、今度は赤ちゃんをおんぶした義伯母の姿がスーッと消えてゆく。逓信局の横には大きな溝《みぞ》があったが、そこへ足を踏み入れたらしい。体力のない私たちにとって胸を越す水の抵抗は大きく、暗闇の中の必死の逃避行だった。この夜、みんなは、バラックを案じて一睡もしないで暗い窓を眺めて過ごしたが、夜明けのかすかな光のなかに二つのバラックが見えたときの喜びは、何ものにも代えがたいものだった。死を前にして、祖父はあの夜のことを思い出したのにちがいない。しかしいまは天上で、そのことすらも愉快に銭湯仲間と話していることだろう。

# 10　伯父・土井寅雄

その朝、伯父（母の兄）はいつものように会社へ出勤した。伯父の会社は爆心地から約三百メートル、広島本通りの西寄りにあった。出勤してしばらくした後、突然、鋭い閃光《せんこう》、次の瞬間、真っ暗になった。

〈会社に爆弾が落ちた！〉

闇のなかで自分が会社の建物の崩れたわずかの隙間にいるのを知った。しばらくすると闇が薄れて、一条の光が差し込んできた。傍らにいた同僚が、

「土井さん！　大丈夫でしたか。とにかく、外へ出ましょう。私についてきてください！」

そう言って、光が射し込む方へ向かって進みだしたので、伯父も後ろについて這《は》い出した。外に出てみると、自分の会社だけではない、街全体が潰え去っていた。伯父は茫然となった。頭が痺れているような気がした。そのうちに同僚も見失ってしまった。

〈一度、家に帰ってみよう。家族はどうしているだろうか〉

伯父はわが家のある白島へ向かって歩きだしたが、壊滅一望の瓦礫《がれき》の上で方向を見失ってしまった。広島は三方をなだらかな山に囲まれて、南の一方だけが海に開ける三角州《す》の地形である。伯父は二葉山《ふたば》を目当てに歩いたらしいが、二葉山は広島の東北部にゆったりと裾《すそ》を広げた山であり、伯父は少し東寄りに歩きすぎたようで、二葉山の東の麓にひろがる東練兵場《れんぺいじょう》にたどりつい

たのであった。伯父はそこで、前に述べたように、私の父と出会った。そして、夜には家族と合流して長寿園《ちょうじゅえん》を抱いて流れる太田《おおた》川の中川原で夜を明かした。

八月七日、死の街を縦断した私が偶然、母や姉たちと会ったあと、みんなで中川原にもどってみると、誰もいなくなった中洲に伯父と祖母だけが残っていた。避難者たちが戸坂《へさか》小学校へ移動したことを、私たちに伝えるために残っていてくれたのであった。

伯父は優しい人であった。私の瞼に残る伯父は、いつも静かにほほえんでいる。その伯父が、焼け残った逓信局の薄暗く広い部屋のコンクリートの床の上に横たわり、何の治療も受けられず、くる日もくる日も苦しそうに頭痛に苦しんだ姿は忘れられない。

部屋には、足の踏み場もないほど負傷者が横たわっていた。みんな水や食物をもらっただろうか。私は母たちと毎日、伯父のいるその広い部屋に通《かよ》ったが、水など与えられているのを見たことがない。伯父のそばへ行くためには、床《ゆか》を埋めて横たわる重傷者たちのわずかな隙間を見つけて足をおろさなければならなかったが、もし少しでも触れるとずるりと皮膚がむけてしまうほど、焼け爛《ただ》れた人たちであった。火傷には蛆《うじ》が湧き、生身《なまみ》を蛆に蝕まれる人びとの呻《うめ》き声が絶えない。肉体が腐ってゆくひどい臭いのなかで、次々と息絶えてゆく人たち。遺体が運び出されたあとの床は、すぐに次の重傷者で埋まる。口に入れるものを与えられているのは見たことがなかったが、包帯は巻かれていた。しかしその包帯もすぐに血膿に染まっていった。

ある日、私がちょうど伯父の傍にいたとき、看護婦さん数人がやってきて、あちこちで包帯の取りかえがはじまった。人びとの呻きがひとしお高くなる。包帯を一巻き剥《は》がすたびに、パラパラと蛆がこぼれ、ころころと太った蛆が床を這いはじめる。包帯が解かれるにしたがって蛆の量は増え、まるで大粒の雨が降っているような音を立てるのであった。以後何十年も、私は夕立に身震《みぶる》いし、稲光に怯えることになる。稲光はあの時の閃光《せんこう》を思い出すのである。伯父のとなりに横たわっていた人は目、鼻、口だけを残して全身を包帯で覆《おお》われていた。私はもうたいていの惨状から目をそらさなくなっていたが、この人の包帯交換は見るに堪えなかった。その人（男性か女性かわからない）の呻き声と、床にこぼれた大量の蛆、払っても払っても執拗に私の素足に這い上がってくる蛆たち……。翌日、この人のいた場所には別の人が横たわっていた。

そんななかでも伯父は、みんなに心配をかけまいと声を殺して耐えた。付き添っていた祖母は看護婦さんらしい人を見かけるたびに、拝むようにして薬を頼み、「いま薬をもらうからね」と伯父を慰めるが、薬はなかったのだろう、もらうことはできなかった。

この時期、バラックで寝ていた私たちも、飲まず食わずであった。伯父はだんだん衰弱していった。近づいてくる伯父の死を、なす術《すべ》もなくただおろおろと見守っているだけの私たちもまた、死の淵にいるのであった。伯父の妻と生後七カ月の次男は、瀬戸内海沿岸の私の父の故郷に避難していた。

伯父の死期の近いのを悟った祖母や母が、

「松子さんと正勝を連れてきてあげようか？」

といったが、伯父は静かに首を振った。

「ここに来ても座るところもないから」

こうして伯父は妻子に会うこともできず、八月二十三日に昇天したのであった。四十一歳であった。

伯父の遺体は、逓信局のそばの寺院の焼け跡で、祖父母はじめ生き残っている家族のものたちで荼毘《だび》に付した。伯父の遺体はなかなか燃えなかった。私たちは何度も焼け跡から木片を拾ってきては火をつけた。（伯父ちゃんはまだ焼かれたくないのだ。死にたくなかったのだ）被爆以来涙も涸《か》れていた私は初めて悲しみに嗚咽した。

次の日、私たちは伯父の遺骨を拾いに行った。伯父の頭の部分は黒く固まっていた。

頭痛に苦しみながら大きな声も立てず、最後まで周囲にやさしく気を配った伯父、昨日までそこに存在したものがいなくなった儚《はかな》さ、虚しさを、あのときほど強く感じたことはなかった。それは生活のすべてを失って、茫々とした焼け野に生きるみんなにとって、お互いの生命――存在のみが、いまここにある唯一のものだったからであろう。

小学校五年生だった伯父の長男、私の従弟は、私の弟妹たちと一緒に山間のお寺に学童疎開をしていたが、伯父が亡くなったときは、まだ広島に連れ戻すことのできない状態だったので、お寺に預けたままになっていた。

〈正晴だけを連れて帰ろう〉

私の父が迎えに行った。

〈ボク、家に帰れるの？〉と喜ぶ少年。〈でも、どうしてボクだけなの？〉と、いぶかる少年。

〈この子に、いつ、どのようにして父親の死を告げようか……〉

のちに父は八十九歳で亡くなるまで、そのときのことを思い出すたびに涙を流した。

私の瞼《まぶた》には、小さな箱に納まった父親のお骨を抱き、うなだれてじっと座っていた従弟の、飢えて痩《や》せ細った後ろ姿がいまも焼きついている。一家の支柱だった伯父の死は、大家族だった遺族たちそれぞれの、その後の人生を非常にきびしいものにしてしまった。

# 11　被爆症状

被爆の翌七日の早朝、激しい下痢に襲われて以来、私はえんえんと下痢に悩まされることになった。下痢で思い出されるのは、便所のことである。私たち一家五人と祖母の一家七人は、焼け跡の、このあたりがわが家だっただろうと思われる場所に二つ並べてバラックを建てた。このバラックの材料は、建設会社をしていた母の義理の叔父からもらったもので、戦時中はこの材料を使って作ったバラックが〝モデルバラック〟として広島市役所前に展示されていたこともあった。ピラミッド型の木製で、平面積は約二十平方メートル（十二畳）、屋根板の上にタール紙を張ったものである。このバラックの材料を運ぶ日々は、たいへんつらかった。御幸橋《みゆきばし》の倉庫から白島《はくしま》まで、五、六キロぐらいはあるだろうか。傷つき、飢えた私たちは、炎天下、照り返す瓦礫《がれき》を踏んで大八車《だいはちぐるま》を引く。なにしろ暑かった。裸同然のからだが、じりじりと音をたてて焼ける気がした。一片の木陰もなく、瓦礫の照り返し、また憩う時間も心のゆとりもなかった。何日かたって、私たちはお互いの顔を眺め合って笑ったものである。みんな痩《や》せ衰え、目ばかりがギョロリとして、顔は真っ黒であった。のちに母が言ったものだ。

「ピカの日焼けはとれんねえ。あれから色黒になってしもうた」

七日の朝、御幸橋のたもとで飯田さんと別れた私が、死の街を南から北へ、とぼとぼと歩いたその同じ道を、今度は大八車を引いて北から南へ、南から北へと往復するのであった。途中の道端に一頭の馬が死んでいた。馬の死体は日ごとに腐っていき、大量の蛆が湧《わ》いて遠くまで悪臭を放っていて、私たちはそこを通るときは、息を止めて走るように通り過ぎた。酒屋跡だろうか、溶けて、ぐにゃぐにゃに固まった瓶の山もあって、それを見るたびに原爆の熱線の強さに驚くとともに、「私たちは、よく助かったねえ」と話し合ったものだ。縮景園《しゅっけいえん》の高い樹木は焼け焦げ、わずかに残った枝は、黒い指で天空を引っかいていて、その不気味な風景は今も瞼《まぶた》に焼きついている。

やっと真新しい板を使った立派な三角家ができた。しかも三角家は、祖母の家と私の家、少し離れて初代伯母一家のものと、三軒である。三つの三角家は、さえぎるもののない焦土にそびえ立って、遠くからもよく見えた。三角家は、焼け跡から拾ってきた柱を四本立て、その上に焼けトタンを乗せただけのバラックで生活をしている人から見ると、どんなにか羨ましく、妬《ねた》ましかったことだろう。

「こんなに立派な家を建ててねえ。こんな人たちがいるけん、日本は戦争に負けたんじゃね」

わざわざ三角家を見に来て、聞こえよがしに立ち話をする人たちもいたし、私が三角家の住人とは知らないで、妬みの悪口を聞かされたこともあった。焼け残ったユハ叔母から畳《たたみ》も分けてもらい、本当に人に妬まれ、非難されても仕方がないほど贅沢なバラックであった。

私たちの三角家では、学童疎開《そかい》から帰ってきた弟、妹、それに隣家村井さんの娘二人を含めて、七人が暮らすことになった。だが、便所を建てる余裕がなかった。私たちは、一部分崩れ残った白島小学校のレンガ塀の陰で用足しをすることに決めた。下痢に悩まされていたのは、私だけではなかったのかも知れない。口にする食物も乏しい日々なのに、みんな頻繁に便所へ通った。

「奥からしろ、奥から」

そう言う祖父も、私が駆け込んでみると、入口にしゃがんでいることが多かった。煉瓦塀の陰といっても、こちらから見えないだけで、塀の向こう側は見はるかす焼け野原であった。

あるとき父が、どこから材料をもってきたのか、三角家の傍に便所を建てた。二、三段上がって戸を開けると、板張りの中央に穴があいているだけのものだったが、天井も高く、底け深く、窓もあって、落成の際はみんなで見上げて感嘆したものであった。しかし、次の日、戸外に出てみると便所がない。造りはしっかりしていたが、基礎工事が充分でなかったのだろう。素人《しろうと》大工の建てた便所は、昨夜の風で、向こうへ吹き飛んでいたのであった。

後年、私が小学校で講演をした質問時間のとき、四年生の男の子が

「トイレはどこでしましたか?」と質問した。

「焼け残っていた学校のレンガ塀の蔭です。こちらからは見えませんが、塀の向こうは見渡す限りの焼野原です。」

「お尻を何で拭きましたか?」

私は思い出せなかった。

法要で富子叔母と会ったときにきいてみた。

「草で拭いた……」

「草が生えるまでは?」

私の瞼裏に白い紙がちらちらと浮かんだ。

思い出したように叔母が言った。

「大本営跡（「子どもたちの周辺」に触れてある）から紙を持って帰って重宝したじゃない。火を起こすときなど……」

そして笑いながら続けて言った。

「私たちは重要書類でお尻を拭いていたのよ。」


三角家で暮らすようになったのは、八月二十日過ぎからだったと思うが、その秋、私は今度、高熱で苦しんだ。母が濡れたタオルを私の額《ひたい》に当ててくれると、すぐにそこから、ぼうぼうと恐ろしいほどの湯気が立ち昇る。
二、三日すると、鼻血、下血次には歯茎《はぐき》が腫《は》れ、出血して、何も口に入れることができなくなったばかりか、全身が内部からがたがたに崩れていくような強烈な全身痛があった。私は、死が近づいてきたのを感じた。被爆当日に死を迎えようとしたときは、痛みが全くなかったが、今度は熱や口内や全身の苦痛があった。病院も薬もなく、ただ横になっているほかなかったが、人間の生命力の強さは計り知れないものである。いつの間にか起き上がれるようになり、秋には初潮もあった。しかし閉経まで不順、毎回寝込むほどの大量出血だったことや、頻繁に起きる突然の鼻血、ケガやお産のときの出血が止まりにくい。（お産の際は大量の止血剤で出血死を免れた）ことなどなど、被爆による血液異状だったと今では確信している。

被爆後、半年以上たっていたと思うが、私は初めて洗髪をした。私たちは、みんな怪我や火傷を負っていたが、だれも治療は受けていない。全員、自然治癒《ちゆ》であった。私は、ほぼ全身にガラスの破片による傷があったが、とくに右耳の上に深い傷があった。ぬるま湯を入れた洗面器のなかに頭を突っ込み、血糊《ちのり》で板のように固くなっている髪の毛を、少しずつほぐしながら洗っていく。もちろん、石鹸もシャンプーもないが、最初の湯はどす黒く濁り、腐った海草を溶かしたようにどろどろになり、悪臭がした。私は、ぞっとした。何度も、何度も、繰り返し洗い、やっとさっぱりとして、頭をなでてみると、坊主頭になっているようだったが、鏡はないのでその様子を見ることはできなかった。

いつ頃からだったか、私たち被爆者は近くの逓信病院で血液検査を受けることになった。病院に集まった人々は、火傷や裂傷を負い、ぼろをまとい、飢えてよろよろとしていたが、それでも何らかの治療を期待してやってきたと思う。しかし病院では、血液検査しかしなかった。白血球が一万以上か、或いは三千以下になると死ぬとうわさされたが、当時はそれに近い人が多かったのではないだろうか。私も三千前後、母はたいてい二千台であった。病院へは二、三度行っただろうか。しかし、よろよろの私たちの体から、採血するばかりで傷の手当てもしてくれない病院へ、誰も行かなくなってしまった。

その後、広島市東部に位置する小高い山、比治山《ひじやま》の上に大きな米軍の施設ができた。「ＡＢＣＣ」とよばれたこの建物は、米軍の「原爆障害調査委員会」だったが、被爆者たちはここでも採血などの検査だけをされた。

被爆後、「文《ふみ》ちゃん、あんた、どうしたん？」と不安そうに私の顔を見て、母がよくそう言った。被爆前は「記憶力の優れた子」であった私が、あの日以来すっかり呆《ほう》けてしまったようなのである。当時は誰もが大きなショックを受けて茫然としていたが、私のは特別のようであった。私は記憶力が薄らいだだけではなく、毎日の生活にも常に浮遊感がつきまとい、ともすれば意識を失いかけるのであった。また幼い時から病弱だった私は風邪熱のときなど唇に熱の華《はな》という口唇炎《こうしんえん》ができていたが、それが極度に悪化して、まともに食事ができない状態になってきた。話すことも不自由で、たとえば「まみむめも」など上下の唇を触れて発音することができなかった。唇はいつも化膿《かのう》しているので、常に唇を開けていないと上下の唇がくっついてしまう。だから夜寝るのが一番恐かった。朝、目覚めたときには上下の唇が血膿《ちうみ》で固まっていて、毎朝泣きながら上下の唇をはがす。箸やスプーンをくわえて寝てみたが、夜中にははずれていた。ガーゼを当てて寝た時は最も悲惨であった。ガーゼごと固まっていたからである。

母は、広島中のあらゆる病院、医院へ連れて行ってくれた。私は人伝いに聞いて、お灸《きゅう》もやってみた。体中に百以上の灸をした。しかし病状は悪化するばかりであった。

病名がわかったのは、私が二十四歳の時であった。エリテマトーデスという難病である。ちょうど抗生物質コーチゾンが使用され始めた頃で、十年苦しんだ私の病気もコーチゾンによって軽《けい》癒《ゆ》した。しかしコーチゾンの副作用はひどく、私の入院中も二人の若い病友が亡くなった。当然、私も常に死と隣り合わせであった。

例えば、退院を前にして使ったＡＣＴＨ（アクサー）の注射のショックで、私は死の直前に至った。ちょうど週一回の部長先生の回診日で、主治医はじめ諸先生方、インターンも参加していた。

カーテンで仕切られた隣の患者の診察が行われていたときに、小さな皮下注射が私の腕に打たれた。一分も経たないうちに私は喉の奥が灼けて破裂するような衝撃に襲われた。つづいて内臓がつぎつぎと灼け裂け、尿も便も排出されて行く。「カンゴフさん」と弱い声を出した後、私はもう口も目も開く力がなくなったが、耳だけは聞こえた。先生方や看護婦さんたちが私のベッドを取り囲み慌ただしく動き回る。「ビタカン！」「ビタカン！」と何本も強心剤が打ち込まれるが、私の内臓はそのたびに灼熱の破裂を繰り返す。「止めてください！」と叫ぼうとしても声にならない。私の腕と足首には静脈注射の管が伸び、胸には心拍を計るものがつけられたようだ。「血圧が五十を切りました。もう駄目です！」と私の主治医が治療を止めようとする。部長先生が私の目に光を当てて覗き込み、『未だ眼孔が開き切っていないぞ！　諦めるな！』と叫ぶ。

私は生命を取りとめた。騒ぎが終わった後で主治医がやってきた。やっと開くことできた目で私は彼を睨んだが、眼力はなかったと思う。次に見舞ってくださったのは隣の患者の主治医であった。

「回診で、しかも近くにみんな（医師たち）がいて幸運でしたね。そうでなければ駄目（死んでいた）でした。」

その日は私の後に何人かの患者にＡＣＴＨの注射をすることになっていたようで、私のショックの後すべて中止された。

「あなたのお陰で私たちは命拾いをしました」

私は連日輸血をされ、ベッドの胴体の部分にトンネルのようなものが取り付けられた中で、絶対安静の十日間ぐらいを過ごした。余談になるが、病院側が付けてくださった介護士さんは物静かな中年の女性だったが、私が少し快復したとき控え目に話しかけてきた。

「あなたはクリスチャンですか？　あなたの傍にいると穏やかな、なんとなくしあわせな気持ちになるのです」

自分でもわからないが、それは私が運命に逆らわないからだろうか。

被爆してから四十五年もたったとき、私は一人の女性から電話を受けた。彼女は最初、広島の母に電話をして私の消息をたずねたそうだが、母から話を聞いても私には記憶にない人であった。

「ほら、ピカの前に家の斜め向かいに住んでいた人」

「そんな人、知らないわ」

「知らん？　おかしいネェ、ほら、子供が大勢いて……」

「……」

「ピカのときは、横浜から帰ってきとったお兄さんがいて、私が家の下敷きから言《は》い出した時、おばさん逃げましょう！　といってくれたよ」

「そういえば、男の人がいたような気もするけど……」

母と電話でそんなやりとりがあった後、彼女から直接電話を受けたのであった。彼女の話すところによると、彼女は私の親友だったという。しかし彼女がどんなに説明してくれても、私には覚えのない人であった。電話の向こうで、彼女はとうとう泣きだしてしまった。

「文ちゃん、どうしたの？　私よ、みつ子よ。文ちゃん、しっかりしてちょうだい」

彼女はなおも説明した。

「建物疎開《そかい》で壊された家の木切れなどを、薪《まき》にするために、毎日二人でもらいに行ったじゃあないの。ほら、あそこへも、あそこへも……」

そう言われてみると、遠い記憶の奥から、ぼんやりと浮かび上がってくるものがあるような気がする。そんな人がいて、そんなことがあったような気もしてくる。しかも私たちは、双子のように仲良しだったようである。

被爆の後、山口県へ避難して、そのまま山口県に住みついた彼女に、私は広島の復興の模様をたびたび手紙で知らせていたらしい。また、結婚して夫と一緒に広島を訪れた彼女たちを、私は駅まで出迎え、市内を案内して歩いたともいう。しかしその後、私が難病のため東京の病院への入退院を繰り返したり、それに続くきびしい生活のなかで音信が途絶えてしまっていたのであった。彼女から電話があった年、祖母の法要で広島に帰った私は、帰途、山口県へ足をのばして彼女を訪れることにした。列車が彼女の待つ駅に近づくにつれて、私はだんだん不安になってきた。彼女の顔がどうしても思い出せないのである。私は異邦人のような心もとなさで、閑散とした駅に降り立った。その私に走りよってきた女性。その人は被爆前の近所のおばさんにそっくりであった。その夜、夜を徹しての美都ちゃんの話は、私の記憶の中から、遠く懐かしい場面を一つずつよみがえらせてくれた。

私は、自分に記憶喪失があったということに大きなショックを受けた。被爆時の最大の傷は右耳の上であった。そのあたりの脳に障害があるのではないだろうか。美都ちゃんのこと以外にも、失った記憶があるのではないか。私は病院で検査をうけることにした。脳のCT写真、記憶力や反射反応などを調べてもらったが、とくに異常はなかった。

「原爆のような衝撃があれば、誰でもそういうことがありますよ」

医師はこともなげにそう言ったが、私は今でも自分の脳のどこかに、ぽっかりと穴があいているような気がしてならないのである。

あと一つの原爆症状は、原爆白内障《げんばくはくないしょう》である。昭和二十二年、逓信省に就職した私は、職員検診の際、白内障を告げられた。

「外に出るときは必ずサングラスをかけなさい」

医師の強いすすめでサングラスを買ったが、当時サングラスをかけている人は、女優など特別の人だけだったので、私は使わなかった。ただ自分でおかしいと思うことがなくはなかった。昔は非常によかった視力が落ちていた。目の疲れが異常で、全身が凝《こ》る。しかし、あの被爆のときは盲目になったと思ったのに、こうして見えるだけでも幸運だった。第一、生きてゆくのに忙しくて、視力回復のためだけに医院に通うことなど考えられなかった。

六十三歳になって、やっと白内障の手術をした。まず右目が終わって、私は驚いた。物がすっきりと見えるのはこんなに気持ちのいいことだったのか。本の紙の色は白、活字は黒。しかし手術をしていない左目では、紙の色はベージュ、活字はグレーなのであった。私はあらためて、目に障害を持ちつづけた長い年月を惜しみ、原爆投下に憤《いきどお》りを覚えるのである。両眼の手術を終えて視界さわやかな数カ月が過ぎた頃、私の視力は再び徐々に低下していった。今度は、レンズを包んでいる袋に濁りが生じているという。片目に三十数カ所ずつレーザーで穴を開けて、視力〇・八くらいまで戻ったが、その後の検診では眼鏡をかけた状態で〇・五であった。

また私は、四十歳代のとき、「あなたの骨は七十五歳ぐらいの老人の骨です」と整形外科医に言われたことがある。そうかも知れない。私は、現在までに十回以上も、ろっ骨にひびが入ったし、二〇〇三年には、反核・平和ひとり行脚中にノルウェーで転倒事故を起こし、救急車で運ばれた現地の病院に十日間ぐらい入院した後、車椅子で帰国した。胸椎粉砕骨折、腰椎亀裂と判り、胸から腰下までのギブスをつけて、四ヵ月のベッド生活となった。現在は軽癒しているが、介護保険要支援2と診断されて、週一回ヘルパーさんのお世話になり週二回リハビリを受けている。

私の父は、幸いにあの日、大きな怪我は負わなかった。父ひとりが元気だったので、私たち家族と祖母一家がまとまることができたが、父は、八月六日には家族を探して、翌七日は私を探して、広島市内の東西南北を縦横断し、その後もバラック作りや畑作りに精魂を傾けて過ごした。放射能の二次被曝《ひばく》にも侵されていたのだろう、長年、悪性貧血と皮膚の紫斑《しはん》に悩まされた。指で押したほどの紫斑が体のあちこちに現れた。数日たって消えると、次のものが現れてくる。「これはピカの影響じゃ」と父は早くから言っていたが、とくに痛みもなく、医者に行くゆとりもなかった。紫斑は、母や私にも出たが、父ほどひどくはなかった。被爆から数年後、ＡＢＣＣが父を連れに来て入院させた。悪性貧血や紫斑が放射能の影響によるとわかったからだろう。父は八十九歳のとき浴室から出ようとしたところで転び、脳内出血で亡くなったが、大腸ガンの末期症状が続いていたという。

母の後遺症は内臓のあちこちに現れた。三十八歳で被爆した母は、四十歳代で総入れ歯になった。急性の歯槽膿漏《しそうのうろう》で、一日に数本ずつの歯を抜いて帰宅する母は、まるで幽霊のようだった。当時は、常時、栄養失調だった。お金もなかった。生活はつらかった。現代のようにいい医薬品もなかった。麻酔薬も充分ではなかっただろう。まして抜歯《ばっし》後の痛み止め薬などは与えられなかった。母は、抜歯した日は痛みのために何も口に入れられず、その後数日間も流動食だったが、からだを休めるひまもなく闇の買い出しに出かけなくてはならなかった。

当時、食料品は自由に買うことができなかった。市から与えられるわずかな配給食では餓死《がし》する。事実、当時は毎日餓死が報じられた。そのため、ほとんどの人たちは、警察の目を盗んで近隣の農家へ直接食料を買いに行った。お金はないので、戦禍《せんか》をのがれるために田舎に預けてあった晴れ着や掛け軸などを、わずかな米や野菜と取りかえてもらった。後になって、駅前にバラックを連ねた闇市ができた。進駐軍《しんちゅうぐん》（占領軍のことを当時はそう呼んだ）の横流し品、かつての日本軍の隠匿物資、盗んだ品物もあっただろう。まさに「闇」市である。お巡りさんも巡回していたが、彼らも闇買いをしなければ生きていけないのである。闇市は貧しい市民たちで悲しくも賑わっていた。

しかし母が歯に苦しんだのは、その闇市のできる以前であった。買い出しのほか子育て、家事に追われ、それでもどうにか体力が戻ると次の数本を抜歯した。そのようにして母は若くして歯なしのおばあちゃんになり、もごもごと軟らかいものだけを食べて歯茎《はぐき》の治癒《ちゆ》を待った。母が総入れ歯をはめて帰った日、母の苦痛をよそに私たち子供は母の顔を見てくすくす笑った。真っ白く大きな人工歯が口いっぱいに並んでいる。母の顔が馬のように長くなった。笑うと本当に馬がいなくそのままであった。

入れ歯の後は子宮筋腫《しきゅうきんしゅ》か癌による子宮摘出《てきしゅつ》。数年後、胃癌にかかり、十二指腸、胆のう、ともに摘出。糖尿病、心臓病（後年、ペースメーカーを入れる）、白内障手術とつづいた。被爆時の腕の重傷のために左手が痺れており、長い年月の間に痺れは腕から指へと自然治癒していったが、洗濯（洗濯機などない）に料理に、主婦の仕事は「絞る」ことが多いので、たいへん不自由をしていた。九十二歳で亡くなる最後まで薬指の痺れは残っていた。また二の腕には三片のガラス片か木片も入ったままであったし、心臓手術後は身障者一級となった。

晩年の母は全身に故障が出たが、中でも眼が痛み、見えにくくなったのが一番つらそうだった。眼底出血のあった片目はほとんど視力を失っていたようだが、両眼とも眼球に無数のひびが入っていて、なぜこうなったのかと医師も不思議そうであった。また眼球が乾くために三十分ごとの点眼をした。晩年痴呆《ちほう》三度と検定された母は、夜は自分だけの世界をさまよっていたが、昼間の正常時にはすべてに愛情をそそぐ元来の母であった。

被爆者は、白血病はもとより、悪性貧血、癌、骨粗しょう症、原爆白内障他さまざまな後遺症を持っているが、粘膜の異状についてはあまり聞かない。しかし私が被爆後から十年余り最も苦しんだのは唇の化膿だったし、歯槽膿漏は、母、叔母、姉、私。また叔母は、被爆以来、耳の中からの血膿が止まらず、遂に片耳は鼓膜まで溶けて失聴、片耳も難聴になった。また両腋の腫瘍の手術は何回行なっただろうか。同時に腎臓癌で片方を摘出、他、大手術も十回余り、手術のたびに傷がふさがり難い。そして骨折のために片手杖から両手杖に、九十五歳の現在はベット生活となっている。姉は歯槽膿漏のほかに、骨折、胃炎、頭痛症、緑内障。学童疎開からバラックに戻ってきた弟と、直接被爆の私の頻繁な鼻血は、二人が大人になってからも続き、母を心配させた。

　また、多くの被爆者が辛かったのは、「原爆ぶらぶら病」ではないだろうか。「原爆ぶらぶら病」――極度の倦怠感。一見したところは通常の人と変わらないが、常に極度の疲労感、倦怠感がある。就職や結婚もはばかられる。事実「怠け者」と言われて離職や離婚を強いられたり、自らそれを選ばざるを得ない人々もあった。

　私は全身病といわれた難病と診断され、その治療のために広島を離れたので、「ぶらぶら病」と呼ばれる症状があるのを知ったのは、ずっと後年であった。私の場合、四六時中、何十年も続いた。あまりの辛さに夜寝るとき神に祈った。「明日の朝、目が覚めませんように」。医師に懇願したこともある、「一日でも一時間でもいいですから、さわやかで軽い身体にしてください」。しかし医師は言った、「この病気（エリテマトーデス）の症状ですから治りません」。私もそれを信じていた。また、病苦と生活苦、その上に、結婚後は非人間的な夫に踏みにじられての日々だったので、その心身の疲労からくるのではないかとも思っていた。

　私のぶらぶら病は六十歳、七十歳と年齢を重ねるうちに徐々に薄れていったが、それでも晴天のようなさわやかで、軽やかな身体は望むべくもない。被爆者は、おそらく一人ひとりが人知れず心や身体の苦痛に耐えて生きているのだろう。

　余談になるが、三十年くらい前になるだろうか、会場は横浜だったと思うが、世界各国の医学者が集まって、放射能の人体に及ぼす影響についての研究結果の報告や意見交換などを含めたパネルディスカッションが行なわれたことがある。それによると、放射能障害についてはだいたいわかってきたが、ただひとつ研究の及ばないところがある。それは、被爆後すぐからその地に住みつき、その地に生えた、あるいは栽培したものを食べて生きてきた人の研究である。彼らは現在どんな放射能障害をもっているのか？

客席でこれを聞いた私は、そのときよほど手を挙げようかと思った。私で役に立つものならば……。しかし、私の心の深いところから鉛《なまり》のような怒りが突き上げてきて、私をかたくなにしてしまった。それはＡＢＣＣによって人間であることを剥奪された日の憤りが、私の心の底に息づいていたのであった。

著者　17、18歳の頃

# 12 ＡＢＣＣ

天災、戦災、難民、飢餓などのテレビを見るたびに、母は「気の毒にねえ」とつぶやいたが、しばらくすると、「でもピカのときは誰もたすけてくれなかったねえ。食べるものも、着る物も、何ひとつ貰ったことはなかったねえ。水も雨水を飲んだし、傷の手当てもしてもらえなかった。よく生きてこられたねえ」と言うのだった。

たしかに傷もみんな自然治癒であった。あの壊滅状態のなかで、一日一日を辛うじて生きのびていた私たちの心は、それを不思議に思わなかったし、救援を求める気持ちすらないほどの心身の極限状態にあった。

後年になって知ったことが、いくつかある。原爆被爆直後、日本政府は、その残虐無比の被害状況に驚愕し、中立国スイスを通じて「国際法違反の非人道的な兵器を使用した」とアメリカに抗議をしたが、日本国内では国民の動揺と戦意の喪失をおそれて、「新型爆弾」とのみ発表し、被害を過少発表、事実を隠ぺいした。アメリカは原爆投下後の惨状が予想をはるかに越える酷烈さだったため、世界の非難を避けるためと、原爆による都市の破壊状況と放射能の人体に及ぼした影響の調査観察を独占するために、広島、長崎への海外からの入域、報道を禁じた。また国際赤十字からの救援も断わったという。日本人による報道、医療活動などはすべてアメリカの管理下におかれた。被爆者たちはお互いにあの日のことを話すことすら禁じられていた。

こうして広島、長崎は隔離《かくり》状態におかれ、被爆者はその中で故意に放置されたことになる。

終戦後、広島へ進駐してきたアメリカは、市内を一望のもとに見渡せる比治山《ひじやま》の頂上に「原爆傷害調査委員会」の建物を建て、原爆によるさまざまな障害調査に乗り出した。

忽然と山頂に現れた銀色に輝く建物は、戦勝大国の威を誇るように見え、焼け跡の木片やトタンを拾って夜露をしのいでいる私たちを、いっそうみじめな気持ちにした。そのうちに、

「あれは病院だそうな」

「では治療が受けられるかも……」

と生存者たちはわずかな期待感も抱くようになった。その施設は、ABCCと呼ばれた。

やがて私たち被爆者は、一人ずつアメリカ軍のジープに乗せられてABCCへ連れて行かれるようになった。

私の場合は、いきなりバラックの前にやってきた軍服姿のアメリカ人に、ジープに乗るよう指示され、ほとんど強制的にABCCへ運ばれた。ABCCの一室にはすでに大勢の人が入れられていた。老若男女いっしょであった。部屋の入口には二、三人のアメリカ兵が立っていた。私たちが、手渡された布を持って茫然と立っていると、アメリカ兵がきて身振り手振りで、着ている服を脱いで、その布を頭からかぶるように言った。布を広げてみると、真ん中に穴があいているだけの、いわゆる巻頭衣《かんとうい》であった。

人なかで、しかも異性たちの前で全裸になるのをためらっていた私たちは、アメリカ兵に促さ

れて仕方なく、お互いを見ないようにして、そそくさと着替えたが、みんな屈辱感に耐えているようであった。

これから何をされるのか、不安と緊張と、あるいは寒さもあったかも知れないが、尿意を覚えた私がトイレの場所を尋ねると、何人もが私のあとにつづいた。みんな同じように不安だったのだろう。トイレは廊下を曲がった向こう、戸外へ出る通路の端にあり、戸外への出入り口にも監視の兵隊が二、三人立っていた。トイレの扉は上下部分がなく、かがんだときだけ身体が隠れるようになっていて、外で順番を待つ人の足が見えていて落ち着かなかった。

貫頭衣に着がえた私たちは、つぎに大部屋へ誘導されて、そこで検査をされた。傷のチェックと採血の他いろいろとされたが、はっきりと覚えていない。ただ、今も目に浮かぶのは、いくつものベッドがあったこと、いろいろの器具があったこと、その間を縫うようにして、検査をされながら最後に出口へたどりついたことである。そこには、医師と患者という人間としての交流はなく、私たちはただの物体として扱われていて、強い屈辱感を味わった。現在は被験者のことを「協力者」と呼び、人間らしく扱われているようだが、当時の調査は強制的であり、「パンツまで脱がされるので行きたくない」と抗議した少年や、「丸裸にされて、いろいろな角度から写真を撮られるのでいや」と泣いた少女たちのことを聞いた。彼らは、発毛や性器、乳房などの成育過程にどのような異常が現われるかを調べられていたようである。

「ＡＢＣＣは検査をするだけで、治療をしてくれない」

被爆者たちから不満の声があがり、理由をつけて検査に応じない人が出てきた。実際、私たちは日々食べていくのがやっとで、他のことに費やす体力も時間もなかったのである。

そのうちに、いつ頃からだったろうか、

「最近、ＡＢＣＣは病気を見つけると教えてくれ、日本人の医者に行くようにいってくれる」

「死後解剖に応じると謝礼をくれ、立派な葬式をしてくれるそうな」

といったうわさが流れるようになった。

ある日、近所の人が亡くなった。葬式に参列した人は、火葬場に待機していたＡＢＣＣの車が、霊柩車《れいきゅうしゃ》から棺《ひつぎ》をそっと自分たちの車に移して運び去るのを見た。ＡＢＣＣは遺体から内臓を摘出《てきしゅつ》したあと、再び遺体を火葬場へ持ってくる。そして遺族は、翌日、遺骨を拾いに出かけるのであった。謝礼もなく、もちろん葬儀もしてもらえなかったという。

被爆者の反発が増してきたため、ＡＢＣＣは少しずつ対応を変えていった。飢えた子供には食物を与え、大人にはタオルや体温計などの土産を持たせた。送迎もタクシーになり、タクシーを待つ間に茶菓子の接待までおこない、ついにはそのタクシーも被爆者の望む場所、どこで乗り捨ててもいいことになった。そして、調査に協力を惜しまなかった者には感謝状を出した。私の母ももらっている。先年、近所のおばさんが亡くなったが、遺品のなかに何枚かの感謝状があったという。

また検査の際も、被験者一人ひとりに日本人職員が終始付き添い、脱衣室もロッカーつきの部屋になった。投薬を受ける者、入院検査を受けるものもあり、私の父もその一人だったが、入院中の待遇はよかったという。父は被爆時、とくに傷は負わなかったが、後になって紫斑《しはん》や悪性貧血に悩まされたことは先に述べた。しかし投薬や入院は、放射能に関係があるとABCCが判断した人に限られていて、薬の投与も調査研究の一環ではなかったのだろうか。

被爆後ほとんどの人は、放射能の影響の大小にかかわらず、傷病や心身の過労衰弱で健康体ではなかった。重傷、飢餓、放心など生命の危機にさらされている人たちも多かったが、ABCCはそうした人たちには関心を示さなかったようである。初代伯母は長年、心臓病で苦しんでいた。ABCCは癌にかかった義伯父の観察を続けていたので、伯母も検査を望んだが果たされなかった。伯母はある朝、洗濯中に発作が起き、盥《たらい》に頭をつっこんだ姿勢で亡くなった。一年後、義伯父が亡くなった。すぐにABCCがやってきて、伯父の解剖を要求したが、遺族は応じなかった。

私は、ジープで連行され検査をされた時から、子供心にアメリカに対し不信感と嫌悪感を抱くようになった。アメリカ人に対してではない、漠然とアメリカという大国にである。広島、長崎への原爆投下は、戦後をにらんでのアメリカの覇権《はけん》への野望によるものであり、核の人体実験だったと私は思っている。しかし、不幸にして被爆者にさせられた私ではあるが、広島、長崎以来、核の時代に入ってしまった人類のために、正しく貢献できるのであれば、それを拒むものではない。ただ、研究者たちにとっては当然のことかも知れないが、彼らにとって私たちは「実験対象物」「標本」であり、常に観察されているヒト集団である。私が少女の日以来、抱いてきたABCCへの憤りのようなものは、〈私たちも、あなたたちと同じ人間です！〉という、人間性を踏みにじられた屈辱感と怒りであった。

被爆から五十年がたった。その前年、その年と、私たち一族には法要が続いた。法要が終わったある日、私はＡＢＣＣを訪ねる決心をした。朝から冷たい雨が降っていた。何十年ぶりかに足を運んだ比治山《ひじやま》山頂は、近代的な美術館、図書館、公園、駐車場などが建設されていたが、雨のためか人影はなかった。やっと探し当てたＡＢＣＣのかまぼこ型の建物を目にしたとき、私の胸はずきんと音をたてて痛んだ。かつて銀色に輝いていた建物は、五十年の歳月の重いよどみをまとい、ところどころに広がる錆《さび》を目にしたとき、私の全身を恐怖に近い悪寒《おかん》が走った。

正面玄関には鍵がかかっていたが、扉をたたいてガラス越しに案内を乞うと、若い女性職員が扉を開けてくれた。彼女は私が被験者だったことを知ると、旧知のような親しみを示し、

「ちょうど今日は検査日で、何人もの人がみえています。どなたかお知り合いの方がいらっしゃるかも知れませんね」

と、その日の来診者名簿を見せてくれたが、知人らしい人は見当たらなかった。彼女が受話器をとり私の来訪を告げると、一人の職員がやってきて、私の訪問理由をきき、住所、氏名などの記帳をうながしたあとで、ひととおりこの研究所の説明をしてくれた。

ＡＢＣＣは、いまは日米共同の放射線影響研究所（通称、放影研）となり、理事長は日本人、副理事長は米国人で、職員も日米両国人で構成されている。そして研究部門は、臨床研究部、疫学部、病理疫学部、遺伝学部、放射線生物学部、統計学部などに分かれ、その内容は寿命調査、

内部被曝《ひばく》、遺伝、細胞学、癌、心血管疾患ほか多岐にわたっていて、それらの調査結果はコンピューターに入力され、また放影研での膨大《ぼうだい》な疫学データはさまざまな国際機関の重要な情報源になっているという。

案内の人は、私を「協力者」と呼び、親近感を持って所内を案内してくれた。国の内外から多くの訪問者があるようで、各調査、研究室の廊下には、日本語と英語の説明や、記録、図表などが掲示されていた。また図書室には多くの文献が収められていて、放影研が世界でいかに重要な位置にあるかを示唆《しさ》されたが、私にはどうしても釈然としないものが残るのであった。

三十年ぐらい前だったと思うが、私は放影研からの追跡調査を拒否したことがあった。

理由は

「原爆だけではなく、原発の推進が進み、世界は核の時代に入りました。放射能が人体に及ぼす影響は将来にわたって問題になるでしょう。不幸にして被爆者にされた私は、私の症状やからだが人類のために役立つならば応じましょう。しかし日本政府やアメリカ政府に利用されることは望みません」

というものであった。すると所長の重松逸造氏の名前で丁重な再依頼の手紙が届いた。ＡＢＣＣは現在、日米共同の研究所になっていること、チェルノブイリの原発事故ほか世界に貢献していること、自分も被爆者であることなどが書かれていた。私はその中の「私自身も被爆者です」という言葉に心を動かされて調査に応じた。

ところがその後、来日したチェルノブイリの子供たちとともに過ごす機会があり、以来、チェルノブイリに関心をよせて何冊かの本を読んだ。事故の被害を大きくしたのは、事故後に現地調査を依頼された各国調査団の中で、「この程度の放射能は案ずるに及ばない」といった日本人研究者たちの見解を、ソ連政府が最も信頼したからであったという。ＡＢＣＣに協力した日本人のなかには「悪魔の飽食」で知られる七三一細菌部隊の医学者があったともいわれている。

現在までの放影研の調査では、直接の被爆者にはいろいろな面で放射能の障害が現れているが、被爆二世には異常がないという。三世の調査をしなければならない段階にきているが、協力者がないそうだ。私は協力者の一人として、特別に事務室に入り、私や母のカードを見せてもらうことができた。それによると、母は寿命調査、私は書類調査の対象となっていた。ちなみに寿命調査の対象者二万人のうち三十五パーセントが亡くなっていた。

また、私の友人——彼女は子供のとき成長発育調査をされた一人だが——彼女のカードは抜き出されていて、〇〇調査室とその行き先が示されていた。彼女は上京して四〇数年になり、結婚後は千葉県に住んでいて、ＡＢＣＣを嫌悪している一人なので、広島を離れてからの追跡調査には応じていないといっているが、カードはいまも生きているのである。

私が広島を離れてもう五〇余年、彼女も四〇年くらいたつだろうか。しかし放影研では、いまもこうして何らかの調査、記録をしているようである。昔ながらの建物の小暗《こぐら》い廊下や、雨が吹き抜ける渡り廊下を歩いていると、私の心はふたたび冷たく重く沈んでいった。かつての霊安室と解剖室は、固く扉を閉ざしていた。若い案内人は「遺族の方から塩をまかれたり、唾を吐きかけられたりして……お気持ちもわかりますけどネ」というが、私たちの真の気持ちをはかり知ることはできないであろう。

被爆者の解剖は、ＡＢＣＣ時代には年間三千体から四千体あったが、当初五〇パーセントぐらいあった協力が、二〇パーセントに減った時点で中止したということであった。数かずの調査研究室、コンピューター室、レントゲン室、資料室、機械室、また所内の資料や出版物のための印刷機械室などを見てまわっているうちに、私は、その頃テレビが一日の大半を使って放映していたオウム真理教の「サティアン」が思い起こされて、耐え難い心苦しさを覚えた。見学が終わると、案内の人は私のためにタクシーを呼んでくれた。私は会議室のような薄暗い部屋で、一人タクシーを待った。このタクシー代はもちろん自分もちであった。

私は人影もない平和公園をとぼとぼと歩いた。心の深いところから湧いてくる重苦しい憤りと無力感が、私を孤独にした。――私たちは被爆者にされた。その被爆者をもとにして、放射能の人体に及ぼす影響調査をしている人たちがいる。また、原爆投下が戦争を終わらせたと思っている人たちがいる。核の抑止力が戦後世界を救ったという人たちもいる。そして、軍事大国の核の傘の下で安心したいという人たち……。愚かなことだと思う。

だが、私に何ができるのだろうか。原爆資料館や記念館の角張った建物の、さむざむと雨に閉ざされているのが、妙に痛ましく虚《むな》しく見えた。

〈人間とは、いったい何ものだろうか。何を求め、何を為《な》すために生きているのだろうか……〉

慰霊碑とその向こうにある土まんじゅうの供養塔に足を運び、もの言わぬ幾多の霊を前にして、私はやっと安らぎをおぼえた。あの日のこと、あの日から生きてきた今日までのことが、静かによみがえった。すると、時は止まり、春寒の雨が、ここに眠る人びとと私を、ゆっくりとひとつに溶かしていったのであった。

【追記二】　後日、放影研の冊子に目を通した。やはり私たちのことを「サンプル」「ヒト」「ヒト集団」と表現してあった。彼らにとっては適切な言葉だろう。しかし、突然、大量に出現した稀有《けう》な〝実験対象〟に、医学者たちが興奮気味に解剖、調査、記録に熱中したことは、私には耐え難いものがある。

もちろん、彼らの中にも人間として心の葛藤に苦しんだ人はあったであろう。アメリカ人医学者のなかには、「治療してはならない医師」の仕事に失望して帰国した人、「こんど日本に来る時は一人の医者として来ます」といって去った人、また原爆の悲惨さを目の当たりにして反核、平和運動家になった人もあるという。

ＡＢＣＣに関わった日本人医学者のなかにも、そうした人があったのであろうか。残念なことに、私はまだそんな人のあることを耳にしていない。また私が強く主張したいのは、ＡＢＣＣの非人道的な調査・追跡記録などは戦争が終わった後に行なわれ、研究の名称は変わったが、現在もなお続けられているということである。

「原爆は戦時下のことで、他の都市の罹災と同じだ」と思っている国の内外の人たちに、日本の敗戦がすでに時間の問題だったあの時、アメリカがなぜあえて原爆投下を行なったか、考えてみていただきたいのである。

その後、もう一度放影研から追跡調査票・「健康と生活習慣に関するアンケート㊙」が送られてきた。「ご提供いただいた情報は、かけがえのないものです。当研究所の調査研究活動を一層すすめていくために、是非ご協力いただきますようにお願い申し上げます」

私は提出しなかった。また厚生省からもアンケートが届いたが私は応じなかった（あるいは私の意見を添えて出したかもしれない）。

【追記二】二〇一二年七月、ＮＨＫテレビのスペシャル番組が放射能の内部被曝を取り上げ、その中でＡＢＣＣについても触れていた。ＡＢＣＣのことは今まで報道されてこなかったし、少し前までは日本でもあまり知られていなかった。

今回の番組の中では、幼児のとき母に背負われていて被爆した男性が、ＡＢＣＣのカルテのコピーを取り寄せたことが大きく報じられていた。今では多くの被爆者が入手しているという。

二〇〇五年七月、ＮＨＫ広島児童合唱団の「被爆六十周年記念演奏会」で、「水の祈り」（橋爪文詩、若松正司作曲）が演奏され、私は帰広した。その際、幼馴染みで被爆者の西岡誠吾さんに会い、彼のすすめでＡＢＣＣから父母と私のカルテのコピーを取り寄せた。カルテのコピーを取り寄せたのは、彼が二人目、私が三人目だという。カルテは英語で書かれ短い日本文が添えられていたが、それを読んだ途端、私は二重カルテだと直観した。

体調の悪い私を母が度々ＡＢＣＣへ連れて行ったとして、日時、血液検査の内容、診断の結果などが書かれている。これを見たら万人が事実と思うだろう。しかし前述したように、私はＡＢＣＣには拒否反応を持っていて度々行った覚えはない。

ただ一度だけ昬の病気の辛さから、原因や治療方法の有無の一端でも教えてほしいと思い自ら足を運んだことがある。診断の結果は、すべて不明ということであった。ただ考えられる、たった一つのことは、昔イギリスの王家の女性が似たような症状で苦しみ、いろいろな検査の結果、彼女が身につけていた金（ゴールド）の装飾品のアレルギーであることが判ったという。ＡＢＣの女性職員が大きな図書室に私を連れて行ってくれて、英王室の関連書を引き出して、「ほら、ここに記述があります」と教えてくれたが、被爆者はみんな金の装飾品などを身につけられるような生活ではなかった。

西岡さんも言っていた。

「あれ（カルテコピー）は捏造ですよ。僕のものには、僕が書いたというＡＢＣＣへの感謝状のコピーも添えられてあったが、十三、四歳の子どもがあんな字で、あんな文章が書ける訳がない。第一僕は書いた覚えは全くないのだから」

ＡＢＣＣに関することだけではなく、このテレビ番組の報道のあちこちが私の体験記憶とは違っていた。見終わったとき〝歴史はこのようにして作られ、残って行くのだ〟と虚しいものを覚えた。

# 13　戸坂小学校

富子叔母、姉、そして私の三人は、夕方になって戸坂《へさか》小学校にたどりついた。校庭は遺体と瀕死の人たちで埋めつくされ、私たちはその隙間をぬい、時にはまたいで歩いて行かなくてはならなかった。私たちはその夜、父の遠縁にあたる校庭に隣接した農家に泊めてもらうことになった。最初は納屋《なや》の藁の上に横になることができたが、次々とやってくる避難者、とくに軍人優遇のために庭に出された。弟の遺体も濡れ縁から庭の土の上に移された。この夜、戸坂小学校の校庭には、一晩中遺体を焼く煙が絶えなかった。三百体あるいは四百体の遺体の山。それでも、遺体はつぎつぎと運ばれてくる。

「これ以上重ねたら燃えなくなるで」

校庭の真ん中に遺体の山を作って、生きて動ける人たちが、これを焼こうというのである。つらい仕事であった。何度点火しても火はすぐに消えてしまう。

「もっと石油をかけたらどうだろう」

「いや、薪が足りんのだろう」

「四方から火をつけてみよう」

「ちょっと、すまんが、もう死体を入れんさんな。あとの分で焼くけん」

石油が大量にかけられて、やっと炎が勢いづいてきた。

すると、遺体は、炎の中で、まるで生きているように動きはじめるのであった。

「あっ、生きている！」

わが子の名を呼びながら、炎の中へ飛び込もうとする母親がいる。

「放してください！　あの子は生きとる！　あの子を返してください！」

引きずり戻された母親は、なおも狂気して叫びながら、火へ向かって走ろうとする。

「つらいだろうが、我慢してください！　わしの家内もあの火の中におるんじゃ」

狂気の女性を羽交《はが》い絞《じ》めに押さえている中年の男性も、手放しで涙を流していた。

〈村井さんの博ちゃんは、家族の誰かに会えたのだろうか〉

私は、大きな火の周りを、ゆっくりとめぐって歩いた。黒い丸太のようにうずたかく積まれて焼かれる人間たち。この人たちのほとんどは、きのうの朝までいつもと変わりない平穏な日を送っていた市民たちであった。

なぜ一日で、こんな無惨《むざん》な姿になってしまったのだろうか。親しく言葉を交わし合った人たちが、いまはもう、一人ひとりの人間としてではなく、素姓《すじょう》もわからない死体の山となって焼かれる。看取《みと》られることもなく、肉親との別れの言葉も聞かず、念仏で弔われることもなく、子供も老人も、みんな無造作に焼かれていった。石油をかけられて焼かれる彼らの炎で、私の顔は熱く火照《ほて》り、わが身も焼けるかのようであった。大きな炎は中天まで届き、その先は赤黒い煙となって空へ昇って行った。

私たちは、校庭つづきの農家の庭先の冷たい土の上に、傷つき、疲れきった体を横たえた。この庭も、負傷者で満ちていた。この夜一晩中、遺体を焼く臭いが強くたち込めた空には、満天の星が瞬《またた》いていた。その星空の下、手を伸ばせば届きそうなすぐそこを、白い薄雲がゆっくりと流れていく。一つが流れると、また新しい薄雲が生まれて、ゆっくりと流れていく。昨夜は、熱く狂うような黄金の炎の天。今夜は、冷たく透きとおった星空。

「英雄ちゃん」

「英雄ちゃん」

うわごとのように弟の名を呼びつづける母。血の滲むような悲痛な声であった。

いつも太陽のような存在でありつづけた母のこんなにも悲痛な声を聞いたのは、私は生まれて初めてであった。〝弟の代わりに私が死ねばよかった〟、母の声を聞きながら、私は何度も何度も悔いた。

その夜、私は、地上の生命がつぎつぎと昇天し、幾多の星となって灯《とも》る澄んだ空を眺めつづけて、まんじりともしなかった。

# 14　終戦

焼け跡の瓦礫《がれき》の上に四本の柱を立て、焼けたトタンを乗せただけのバラックを作って、村井さんとその親戚の人たちが夜露をしのいでいた。富子叔母、姉、そして私の三人は、何日間かそこにお世話になった。わずか二畳ぐらいの屋根の下で、十三人が夜露をしのいだ。足に怪我をして太腿が二倍以上に腫《は》れあがっている村井さんの奥さんは、一本の柱を背にして昼も夜も座ったままである。

みんな火傷か裂傷を負っていたが、仰向けに寝たり、うつぶせに寝ることはできない。横向きになり団子のようにくっついて、中ほどの人はできるだけ両足を曲げ、外側の人は頭だけがトタン屋根の下に入っている状態で寝た。瓦礫を平らにする体力はもう誰にもなかったので、瓦礫が体に突き刺さるようで痛かったが、みんなお互いを思いやって、身動きもしなかった。また寝返りをうつ隙間もなかった。

昼間は焦土に照りつける太陽の炎熱にあえいだが、夜から明け方の焼け跡の冷たさは冬を思わせるほどであった。体力が落ちていたために、暑さ寒さもきびしく感じたのかも知れない。この世から抹消されてしまったような焼け野の闇夜は、底知れないほど深く濃く、みんなお互いの体温で温め合い、生を確認し合い、暗黙のうちに力づけ合っていたのだと思う。

私たちは何を食べて生きていたのだろうか。そして昼間は何をして過ごしていたのだろうか。

この世に私たち以外の人間は見ず、もちろん動物もいなかった。炎天の昼間には、日が落ちた後の涼しさを待ち、夜の寒さと漆黒《しっこく》の闇の底では、朝日と太陽の明るさ暖かさを求め、ただ茫然と日を過ごしていたような気がする。

私たちの地域には、救援隊も救援物資も来なかった。

その日――八月十五日、私は白島小学校の裏道を、一人でぼんやりと歩いていた。白島小学校は私たち兄弟姉妹が勉強をした学校であり、原爆死した弟はここの校庭で熱光線を浴びたのであった。通称「裏通り」と呼ばれていた学校の北側のやや広い道には、昔、夏の夜は週一回の縁日があり、金魚すくいや駄菓子屋、おもちゃ屋などが並び、アセチレンガスの臭いと淡い明かりのなかを、仲良しの従弟とともに伯父（原爆で死んだ）の両手にぶらさがるようにして散歩したものだった。被爆の翌日、母たちとともにわが家の焼け跡に呆然と立ち、そのあと中川原《なかがわら》へ戻ろうとしてこの「裏通り」にさしかかったとき、私は不思議なものを見たのであった。

それは校舎の北側の裏庭にあたるところだったろうか、十体か十数体ずつの白骨の小山が三つばかり並んでいたのである。

白島小学校は、三年生以上の児童たちが学童疎開《そかい》をしていったあと、広島を通過する兵士たちの仮の宿になっていた（広島は軍事拠点であり、南方へ送られる兵士たちは広島宇品《うじな》港から輸送船に乗船した）。その兵士たちは、もうけっして若くはなく、炎天下の校庭の校舎の陰や木の下で、玄米に大きな梅干し一つの「日の丸弁当」を食べていた。

私たちが校庭で遊んでいると、

「どうだい、食べてみるかい？」

「おじさんの家にも、お前たちくらいの子供がいるのだよ」

などと話しかけてくれる兵隊さんもいたが、その笑顔は淋しそうであった。私たち子供も、毎日の食料はわずかな馬鈴薯《ばれいしょ》や大豆粕《かす》ばかりで、米粒はほとんど口にできず、いつも飢えていたが、もらって食べようとはしなかった。

六日の朝もそうした兵士たちがいたと思うが、彼らはなぜ逃げなかったのだろうか。なぜ、お互いに重なり合って焼かれていったのであろうか？

その日――八月十五日、私が一人ぼんやりと「裏通り」を歩いていたとき、この白骨の山がそのまま残っていたかどうかは覚えていない。私は向こうの二葉《ふたば》山の上に湧きあがる恐ろしいほど逞しい入道雲を見ていた。それはまるで、今にも私に襲いかかってくるようであった。

ふと、入道雲がキラキラ光るものをこぼしはじめた。

〈何だろう？　私はまた意識を失いかけているのだろうか……？〉

すると、入道雲の中から一機の飛行機が現れて、キラキラと眩しいものを撒きながらこちらへやってきて、そのまま通り過ぎて行った。キラキラと光るものは、ビラであった。私は近くに舞い降りた一枚を拾いあげてみた。

「終戦」の知らせであった。

重傷を負いながらその痛みを感じず、何日も口にする食物もないのに空腹も感じず、自分が生きているのか死んでいるのかすら自覚できない極限状態にあった私は、「終戦」に何の感慨も湧《わ》かなかった。私は一読した紙片を捨てて、またふらふらとあてもなく歩きつづけた。

その夜、身を寄せ合い、心を寄せ合って焼け野で過ごすわずかな人たちの誰からもビラの話は出なかった。


何日か、村井さんのバラックにお世話になった私たちは、二番目にバラックを建てた香川さんのところに泊めていただくことになった。香川さんのバラックも四本柱に焼けトタンを乗せただけであったが、こちらは広かったし、その上に、どこから運んできたのか藁のやまがあった。

夜になると、私たちはがさごそと藁にもぐって寝るのだが、藁の香り、藁のやわらかさと心地よさ、温かさ、寝返りをしたり手足を伸ばせる自由さなど、私は久しぶりに熟睡できてしあわせであった。

香川さんのバラックは、山陽本線の線路際にあった。心地よく熟睡していると、突然自分の体の上を列車が通り抜けるのではないかと思うばかりの轟音《ごうおん》で飛び起きる。すると、十手の上の線路を、夜汽車が窓から明かりをこぼしながら通り過ぎていく。

明かりをこぼしながら走る汽車……。

〈そうだ。もう灯火管制はないのだ。戦争は終わったのだ〉

戦争が終わったことをやっと実感できた私であった。それは、藁に埋もれて安眠する私のからだと心のなかに、少しだけ生気がきざした証《あか》しだったのかもしれない。

# 15　天と地と生命《いのち》だけの日々

黒々と潰えた街には一点の灯もなく、満天の星の光が降りそそいでいた。日中の炎熱は、瓦礫《がれき》野に這《は》うようにして生きている私たちを、じりじりと焼き尽くすかのようであったが、日が落ちると急に冷気がやってきた。

ある夜、私たちは焼け残った五衛門風呂（鉄でできた丸い湯船で、蓋を兼ねた板を踏み沈めて入浴する）に溜まった雨水をわかして、ひとりずつお風呂に入ることを思い立った。

私たちの小さなバラック以外に、建物も樹木もない、縹渺《ひょうびょう》と広がる星明かりの下の死の街。誰も見る人はいないのに、少女の私は風呂の陰に身をひそめて服を脱いだ。被爆時の肌着とズボンは、「坂」に行ったとき何か別の衣類と着替えていたように思う。

私の全身にはガラス片による無数の傷があり、また皮膚の中に埋もれているいくつものガラス片があったが、頭に受けた重傷以外は気にしなかった。今では考えられないことであるが、当時の私たちは、生命にかかわる大怪我以外は傷とも思わず、痛みすらほとんど感じなかった。原爆の日、崩壊した建物などを裸足で踏んで逃げたのに、なぜ怪我をしなかったのだろうと、後になって不思議でならなかったが、あの頃の私たちは、ある種の緊張の極にあったのか、現在の常識を越えた心身の状態にあったとしか考えられない。

何日ぶりのお風呂だろうか。私はそっと湯の中にからだを沈める。心とからだがやわらかく解きほぐされていく。しみじみと全身に幸福感がひろがる。四囲の暗い焼け野は夜空と溶け合い、冷たい夜風が満天の星を鳴らしながら吹きすぎて行く。私は両手を高く天へ伸ばす。すると、その指先にとどく星たちが、濡れた私の腕を伝って湯船の中におりてきて、キラキラと湯船いっぱいに飛び跳ねるのであった。

被爆から半月あまりたって、私の一家と祖母の一家は並べて三角家のバラックを建てた。村井さん一家もその傍に、今度は周囲を板で囲ったバラックを作って移り住んだ。焼け跡に寄り添って生きる三つの家族。私たちは、昼間は炎天の焼土を歩いて、わずかに焼け残った軍の畑から芋づるを引きずって帰り、夜は焼け跡の木片を拾い集めて燃やし、明かりと暖をとりながら、明日の糧のために芋蔓の皮をはいだ。それが、一時期の私たちの日課であった。

そしてまたそれは、私たちにとって何よりも楽しいひとときでもあった。焚き火はよく燃え、もう敵機の襲来もなく、何の制約も受けず――。みんな飢え、傷ついていて、明日はこの中の何人かが欠けているかも知れない私たちなのに、誰の心にも不安も苦もなく、子供のように心の底から声を立てて笑って過ごす、毎夜のひと時であった。

笑いの中心は、村井さんのご主人と私の祖父であった。思い出話から、日常の些細なことまでも、それは苦労話だったり、つらい話であるにもかかわらず、二人が話題に乗せると、たちまち笑いの渦が湧き起こるのであった。力もなく、お金もなく、職も地位もなく、何の欲もなく、今この時を生きて共に過ごす、すばらしく純粋な生命の明るさがそこにあった。

いつ頃だっただろうか。やっとその日その日を生きている私たちの生活のなかに、近隣の農家の人たちが馬車でやってきて、焼け跡から五衛門風呂など、めぼしい物を持って帰るようになった。そして、バラックを建てて戻ってくる人たち。肉親や身寄りを探してやってくる人たち……。灰燼《かいじん》と化していた街に人間の気配がただよい、やがて少しずつ社会生活が戻ってきた。もう、降る星の下の入浴も、焚き火を囲んでの談笑も消え失せてしまった。

ある日、突然、村井さんのご主人が自殺をした。遺書もなく、自殺の動機も誰にもわからず、青酸カリ自殺であることだけがわかっていた。あとには、腿《もも》に重傷を負っていた奥さんと、小学生二人、幼児一人の三人の女の子が残された。

# 16　夕焼けと鴉

私は今でも、恐ろしいほど美しい夕焼けを見るたびに、原爆後の広島の夕焼けを思い出す。生死のはざまにあって呆けたように生きていた私の心を、痛いほど感動させた夕焼け。そして、その後にやってきた黒い鴉《からす》の群れ。

それは、凄絶《せいぜつ》ともいえる夕焼けであった。荒涼《こうりょう》とした死の街の落日。昼間の炎天、狂うような青空がコバルト色に昏《く》れかかると、上空からの風は少し涼を運んでくる。

〈ああ、今日も終わってゆく〉

終わってゆく時間が惜しまれるのではない。明日に期待があるのでもない。それでも夕方になると、私はいつも一人で焼け野に立って空を眺めるのであった。空の色はコバルトからうす紫へ、うす紫から淡い紅紫へ。私は毎夕、この時間の空の色の移りゆくさまに心を奪われて立ちつくす。刻々と紫を濃くしながら昏れていく空。しかし太陽は広島の西方、なだらかな己斐《こい》の山に落ちかかるころから、突然、金色に輝きはじめるのである。天はふたたび眩《まぶ》しく輝き、たそがれの空をぐんぐん黄金色に染め直していく。そして、よみがえった空はびんびんと金色の音を私の全身にひびかせるのであった。

〈ああ、私は生きている！　生きていることはすばらしい！〉

私は今日も生きていて、この夕焼けを眺めることのできた喜びを噛みしめる。そのとき、私の心に旋律が流れる。音楽というものを全然知らなかった私の胸のなかに、毎夕、似たような旋律が湧き、魂を揺さぶるその美しさに私は涙しながら思う。

〈私に楽譜がかけたら……〉

それは、死にかかりながらも、いままだ小さな生命を保っている十四歳の少女のなかの、わずかな感性をひとときよみがえらせてくれる天の恵みだったのだろうか。夕日が沈み、空が暮色《ぼしょく》に染まりはじめると、私は北の空へ目を移す。濃い影となって暮れ残る北の山、その上のうす墨《すみ》色の空に、針で突いたような黒点が現れる。黒点は一つ、五つ、十、百とたちまち増え、大きくなり、異様な鳴き声とともに鴉《からす》の大群がやってくるのである。そしてばらばらに地上に降り立った鴉たちは、黒い翼を大きく広げて、瓦礫のなかに横たわる人間の遺体をしっかりと押さえ、その肉を啄《つい》ばむのであった。翼を広げた鴉は、見るからに獰猛《どうもう》で大きかった。嘴《くちばし》から足の先まで漆黒《しっこく》でつやつやとしていた。野太い鳴き声も不気味であった。それは、この世の光景とは信じられないほどの凄惨さで、私は恐ろしさにからだがふるえた。鴉は一羽ずつ一つの遺体を独占し、心ゆくまで啄《つい》ばんだあと、何かの合図があるのだろうか、いっせいにまた北の空へと帰って行くのであった。

次の朝、鴉が降りた場所の遺体を瓦礫で隠して歩くのが父の仕事にもなっていたが、ある日、一つの遺体だけは荼毘《だび》に付そうとしている。私が近づいていくと、

「向こうへ行っていなさい！」

父はいつになくきびしい声で私を制した。遺体は、私の向かいの家の順子ちゃんであった。順ちゃんは私よりも一歳年下で、少年のように活発な少女であった。火傷した丸い顔には順ちゃんの面影が残っていたが、胸から下は無惨に焼け爛れていた。母の話では、順ちゃんは自宅で被爆したと思われるが、遺体が私の家の玄関のあたりにあったので、たぶんここまで這《は》ってきて火に捉えられたのであろう。順ちゃんを焼く細い煙が瓦礫《がれき》の上を淡くただよい、やがて夏空へ吸われていくのを、私はいつまでも見送って立ちつくした。


順ちゃんの家は三、四本の大きな杉の木を隔てて、私の家の向かい側にあり、宮本さんといった。被爆当時は、お母さんと病気のお兄さん、一、三歳年上の姉、澄ちゃんと順ちゃんが暮らしていて、二階には原田さんというひとり暮らしのおばあちゃん（家族ではなかったと思う）がいた。私は彼女たちのお父さんのことは知らない。私はよく澄ちゃんとも話をしたが、彼女はおとなしく大人っぽい感じの人だったので、遊び仲間は順ちゃんであった。

被爆後四十五、六年たった四月、祖母の法要で広島へ帰った私は、山口県防府《ほうふ》市に住む旧友の松井美都子さん（旧姓、末永）を訪ねた際、彼女のお母さんを病院に見舞った。

「私の名前もわからないのよ。相当ボケているの」

そう言いながら、美都ちゃんは私を病院へ連れて行ってくれたが、被爆前の様子を話すと、おばさんはすぐ私のことを思い出してくださり、原爆の時のことを、まるできのうの出来事のように克明に話してくださった。それによると、八月六日、美都ちゃんと彼女の次兄と妹は、学徒勤労動員でそれぞれ朝早く出かけ、上のお兄さんはまだ家にいた。原爆が落とされ、おばさんは一歳の辰子《たつこ》ちゃんを自分の体でかばったまま、崩れた二階建て家屋の下敷きになった。一番先に這い出したのはお兄さんであった。私の母がつぶれたわが家からやっと這い出した時、このお兄さんがすでに立ち上がっていて、「おばさん、逃げましょう」と母に言ったという。美都ちゃんのお母さんは、やっと助け出された。順ちゃんの家の二階で暮らしていた原田さんが怪我をし、髪を振り乱して、まるで幽霊のような姿で「どうしたことなんでしょう」と呆けたように立っていた。美都ちゃんと順ちゃんの家の間には、細い路地《ろじ》があった。順ちゃんは、その路地で建物の下敷きになっていた。

「末永のお兄さん、助けて！　お兄さん、助けて！」

「順ちゃん、待っていてネ。辰子を掘り出したら助けるからね」

しかし辰ちゃんはとても掘り出せる状態になかった。火も廻ってきた。諦《あきら》めて逃げようとするおばさんに、お兄さんは言った。

「僕は死んでも辰子を掘り出す！」

その間にも順ちゃんは、「お兄さん、助けて！」と訴え続けていた。辰ちゃんは仮死状態で掘り出された。おばさんたちはその赤ちゃんを連れて逃げるのが精いっぱいであった。

「あのときの順ちゃんの声が、毎晩聞こえてくるのですよ」

おばさんは、辛そうに私にそう話した。

後日、美都ちゃんは言った。

「本当はボケていなかった。いまはそれを確信している。私がたびたび見舞いにいかないので、私のことを知らない人だと言い通したのよ。母はしっかり者だったからネ」

九十六歳で亡くなるとき、付き添っていた美都ちゃんに、「さようなら、美都ちゃん、ありがとう」とおっしゃったそうだ。


順ちゃんの家族で一人だけ生き残った澄ちゃんは、被爆後、私の家と軒をくっつけるように建てられた（澄ちゃんの伯父さんが大工さんだった）、一間《ひとま》に台所の土間《どま》がついた小さな家で暮らした（私の家も二間《ふたま》に板張りの茶の間をつけただけのもので、そこに一家五人が暮らした）。私の父母は、澄ちゃんを哀れみ、わが子のように気づかった。澄ちゃんは十九か二十歳で見合い結婚をし、三人の男の子が生まれた。誰にとっても被爆後の生活はきびしいものであったが、若くして三人の年子《としご》を抱えた彼ら夫婦も苦しい日々に追われて、夫は酒びたりとなり、ついには行方をくらましました。

澄ちゃんは三人の乳幼児を孤児院（原爆孤児たちが多かった）に預けて働かなければならなかった。しかし、なかなかいい職は得られず、飯場《はんば》とともに移動していくことになった。飯場が広島の近くに来たときは、ときどき私の家にも元気な姿を見せてくれたが、いつからかそれも途絶えてしまった。

年月が過ぎ、広島でまだ健在だった私の母のところへ二人の青年が訪ねてきた。成人した澄ちゃんの子どもたちであった。母親の被爆のせいか病弱で身障児だった三男（母親の被爆の影響か、二歳を過ぎても歩くことも話すこともできず、家の内外を這い回っていた）は孤児院で亡くなったという。孤児院で育った彼らは立派に成長し、社会人になっていた。父親には大阪で会うことができたと言い、母親の消息を探してやってきたのだった。

澄ちゃんのその後はわからない。

著者　19歳の頃

# 17 緑

バラックの前の瓦礫を少しだけ整理して、父はそこに青菜の種を蒔《ま》いた。七十五年間、草木も生えないといわれた広島だったので、発芽の期待は薄かった。ところが、数日を待たずして、ポッチリと小さい点のような緑が見えてきた。私は自分の目を疑った。芽生えた緑は、今度は、驚くべき早さで生長していった。それは、連日、赤茶けた焼け野原ばかりを眺めて過ごしていた私にとって、躍るような新緑であり、生命そのものであった。

芽吹いたのは青菜だけではなかった。瓦礫《がれき》を割って、雑草がたくましく緑を広げてきたのである。焼け野に生きる人びとは、それをむしって飢えをしのいだ。とくに鉄道草と呼ばれた雑草の生長は、獰猛《どうもう》といえるほどで、たちまち人間の背丈以上にも繁っていった。

ある時、私の家に泥棒が入った。食べて寝るだけの生活、泥棒がいることや、家にカギをつけることなど考えてもみなかったので、こちらの方がびっくりした。見つけた私たちの叫び声に驚いて外に飛び出した泥棒は、鉄道草の中へ逃げ込んだ。私たちも泥棒を追ったが、鉄道草の茂みの中で見失ってしまったことがあった。

そうして草が繁茂した頃には、蚊《か》もいっせいに発生した。放射能のせいか、この蚊たちも大きくて獰猛であった。私たちは毎日、夕方になると、鉄道草を集めて蚊遣《や》りを焚《た》いたが、鉄道草の煙もまた強烈で、蚊よりも人間の方が燻《いぶ》された。

バラック生活が一応軌道に乗ってくると、父は焼け跡に畑を作った。苺《いちご》が、束ねた小鈴のように、たくさんの実をつけ、色づいてきたときは、とてもうれしかった。夢のようにみずみずしい赤は、荒れ果てた私の心に、明るいときめきを与えてくれて、私は朝に夕に苺畑を歩いて楽しんだ。ところが、この苺が、まるで魔法をかけられたように猛繁殖していったのだった。とうとう父は苺を全部抜いてしまい、かわりにインゲンマメや、カボチャを試みた。

インゲンマメも、驚くほどの収穫があった。最初のうちは、そのさわやかな香りと、ほんのりとした甘味に喜びを味わっていた私たちも、最後には、もうインゲンマメを見るのもいやになってきた。カボチャは、ほくほくと美味しく、お腹《なか》のもちもよくて、私たちは一時期カボチャばかり食べて暮らしたものである。このカボチャも異様な育ち方をした。肥料も与えないのに、化け物のように、ごろごろと大きな実をつけたのである。そのうちに、みんなカボチャにも飽《あ》きてきた。瓦礫《がれき》の荒れ地に、思いがけない収穫があったので、父は今度は幼年学校の校庭跡に本格的な畑つくりをはじめた。サツマイモ、ゴマ、ゴボウ、ニンジン、大根、ジャガイモ……なんでもよくできた。

ある日、畑を耕していた父が、

「ヘビのたまごがあったぞ！」

というので行ってみると、土の中に鶏卵《けいらん》そっくりの卵があった。

「青大将の卵だ」

ヘビの大嫌いな父は、そう言い捨てると、向こうへ行ってしまった。青大将の卵は、鶏卵よりやや大きく長めで、つややかな白。私は生まれてはじめて見るヘビの卵の、その不気味な美しさにぞっとするとともに、原爆に生き残ったヘビの生命力にも驚いた。

灰燼《かいじん》と化した街に、広島市はヒマラヤ杉と夾竹桃《きょうちくとう》を植えた。ヒマラヤ杉も夾竹桃も、育ちのはやい木であることが、それらを選んだ理由の一つだと聞いたが、それにしても、これらの木々も予想より遥かにはやい生長をみたのではないだろうか。当時、ヒマラヤ杉の森となっていた平和公園は、現在、手入れの行き届いた松や桜の庭園になっているし、狂うように赤く燃え立っていた夾竹桃の並木もなくなっている。そして広島も、百万都市になり、どこにでもある日本の新興都市の表情になってきたのは、たいへん淋しいことである。

一時期は、夾竹桃が広島のシンボルのように思われたらしいが、焦土に狂うように赤く燃え立つ花を、生き残った被爆者たちは忌《い》み嫌った。あの日をまざまざと思い出すからであった。私も同じだ。むしろ、誰の心にも優しい桜の方がいい。また平和公園の緑も、現在のように整備される前の自然の森のようだった昔の方が、私は好きである。

「〝はるかより聞こえくる鐘の音〟、もし骨仏《ほねぼとけ》のことが世に知れるとしたら、そのようなかたちで」

そうおっしゃるご住職のお気持ちを大切にして、ここには骨仏の納められたお寺の住所も名前も記さない。

# 18　骨仏

被爆後、生存者たちは、原爆死した肉親や友人の遺体を、〈せめて仏《ほとけ》のそばで〉と寺院の焼け跡で荼毘《だび》に付した。焦土《しょうど》から木片を拾い集め、火種《ひだね》を拾ってきて、自らの手で愛するものを焼いた。その生存者たち自身も、死者と大差ない惨《みじ》めな姿であり、明日の生命も知れない身であった。狂うような炎天の下にあって、なかなか燃え尽きない遺体を、涙も涸れた生存者は胸を裂かれる思いで見守る。さっきまでそこにあった人が、はかない白骨になると、遺族たちはお骨《こつ》の大きな幾片かを拾って持ち帰った。

日がたつにつれて、寺の境内《けいだい》には数知れない人びとの、無数の白骨が残っていった。先代住職はその白骨を集め、近くの石工の力を借りて小さな骨仏をつくった。白骨を砕いて石膏《せっこう》で固めた高さ三十センチたらずの、悲しくも白い骨仏は、毎年八月六日からお盆までの十日間だけ本堂に祀《まつ》られた。骨仏のお顔は、御仏《みほとけ》にも見え、ときには人間そのものにも見えた。遺族たちは亡き人の分身をそこに見て、近ぢかと骨仏と対面し、亡き人を偲ぶのであった。

八月六日、平和公園で行なわれる慰霊祭に参列した後で、骨仏に会いにやってきていた生存者たち、また寺の近隣の被爆者たちもだんだん年老いて、いつしか慰霊祭には参列しないで骨仏の下《もと》にだけ集まるようになった。被爆者たちの上に流れる歳月は骨仏の上にも流れ、被爆者たちに老いが迫るとともに、骨仏のお姿も年月の塵埃《じんあい》をかぶって灰色になっていった。

そして毎年、八月六日がくるたびに骨仏の下に集まる生存者は、三人欠け五人欠け、骨仏の枯れた仏体にもあちこちにひびが入り、先代住職の亡き後、骨仏を守りつづけてきた現住職は、

「本当は、ひとつの仏《ほとけ》しかお祀りできないことになっているのですが……原爆から五十年たちました。これからはずっと本堂の隅にお祀りさせていただくことに、私は決心しました。原爆死なさった人たちを弔うのは、こうして生かしていただいている私の使命だと思うからです。埃《ほこり》もお払いすればいいのですが、もうこんなにぼろぼろで……。いつかは崩れておしまいになるでしょう。その時は合塔にお納めしようと思っています。私もそれまで生き長らえることができればいいのですが」

そうおっしゃりながら、喜寿《きじゅ》近いわが身を骨仏のために労《いたわ》りたい様子であった。実際に、いつかは崩れておしまいになる骨仏である。

「お願いがあるのですが……」

「何でしょう?」

「お写真を撮らせていただいてもいいでしょうか」

「いいですよ。骨仏さんの初めての写真です」

帰宅後、現像した写真のお顔はどこか住職に似ていた。

＊骨仏の白骨の仏体のなかには、一九四五年八月二十三日原爆死した私の伯父の遺骨も入っている。
＊その住職も骨仏に見守れて彼岸へ旅立っておしまいになった。

# 19　子供たちの周辺

被爆後の広島には、危険なものが野放しになっていた。とくに軍隊関係の焼け跡には、戦車、銃剣、機関銃などが放置され、薬莢《やっきょう》などは木の実のように散乱していた。学童疎開から帰ってきた、六年生の私の弟は、腕白で機敏で、何にでも興味を持つ子供であった。

ある日、母と祖母が陸軍幼年学校の焼け跡あたりで消し炭《ずみ》拾いをしていると、ドーンという大きな破裂音がした。

〈何だろう?〉

と立ち上がると、

〈あの子たちは危ないことをするよーのぉ。よう怪我をせんかったことよ〉

と、つぶやきながら母たちの傍を通り過ぎる男性があった。

弟と、弟より一歳年下の従弟は、いつも一緒に遊んでいた。さっきも、二人で向こうへ走って行った。

〈もしや……?〉

そこへ、真っ青な顔をした二人が走って戻ってきた。弟の話によると、幼年学校跡で、二人は機関銃や三八銃を見つけた。実弾も散らばっている。

〈鉄砲を撃ってみよう〉

従弟を見張りに立たせた弟は、銃に弾を込めて空に向かって発砲した。天を裂くような破裂音がした。そして弟は、自分の肩が砕けたと思うほどの衝撃を受けたという。

薬莢《やっきょう》は、戦後いつまでも焼け跡に散乱していて、子供たちはどんぐりでも拾うようにそれを拾って遊んだ。数人の子供たちが、学校の机に集まり、トントンと薬莢で遊んでいて爆発し、一人の子供の指が何本か吹き飛んだ事故もあった。その事故の直後も、弟はポケットに薬莢を詰めて帰り、母に叱られて仕方なく焼け跡に捨てていた。

私たちのバラックに電灯がついたのは、被爆の翌年になってからだったろうか。それも、個人で電柱を調達してきたら電力会社が電線を引いてくれるというのであったが、まだ電気がつかなかった被爆の年の、夏が過ぎ、日が短くなった寒い夜々、私の家と祖母の家にはわずかな明かりがあった。小さなお皿に灯油を入れ、灯心に火を点すのである。油は、弟が毎日瓶に入れて、どこからともなく持って帰るが、そのうち、だんだん彼の帰宅が遅くなっていった。

彼は油の在り処《あか》を誰にも教えなかったが、ある日私は弟と一緒に幼年学校跡へ遊びにいった。

「戦車があるんじゃ」

「ほんもの？」

「もちろん本物じゃ」

本当に一台の大きな戦車があった。近くで見る戦車は、堅牢な砦《とりで》のように逞《たくま》しく黒くて恐ろしかった。私が戦車の周りを一周している間に、弟はもう乗り込んで、蓋を閉《し》める所から顔を出して、いっぱしの兵士気分になって意気軒昂としている。

私たちは、しばらくの間、戦車で遊んだが、

「わしはこれから油をとって帰る。遅うなるけん、お姉ちゃんは先に帰ってええよ」

そう言って弟は、細長い棒と小さな瓶を持って戦車の中に入っていった。戦車の底の方に油タンクがあった。弟は体をさかさまにして、棒を持った手を付け根まで穴に突っ込んで、深い油タンクの底の方に溜まっている油を、棒の先につけては、数滴ずつ瓶に移していくのであった。

「油がたくさんあったときは、この瓶いっぱいすぐ採れたのに。いまは底の方だけしかないけんネ」

瓶に油が八分目くらい採れたときには、もう日も西に傾いていた。


幼年学校につづく広島城のお堀は、子供たちにとって楽しい遊び場であり、また蓮《はす》の実という思いがけないご馳走の宝庫でもあった。近所には、ぼつぼつとバラックを建てて戻ってくる人たちがあり、学童疎開《そかい》から帰ってきた数人の子供たちもいた。焼け跡での子供たちの仕事は、消し炭や木片を拾うのが主な仕事だったが、私たちは折をみてはお堀へ通った。とくに蓮の実の時期には、毎日のように通った。幼年学校の校庭を横切ったところに、広島城の内堀がある。この内堀は全部が蓮でおおわれていた。

私たちは、幼年学校側の石垣の窪みを探し、両手両足を巧みに使い、蓮の実に手が届くところ

までおりて行って収穫する。小さい子供たちは上にいて、それを受け取る。そして、土の上に座ってみんなで食べるのであるが、とりたての蓮の実は、じつに美味《おい》しい。赤ちゃんの顔ほどもある青いお皿のような蓮の実の台《うてな》から、丸い実を一つずつ抜き出して、うすみどり色の皮をむくと、白くつややかな実が現われる。それをしこしこと噛みしめると、ほのかに甘いミルクが口いっぱいにひろがり、私たちはとてもしあわせになるのであった。また一本分を食べると、結構飢えもおさまるのであった。

しかし、何日かすると、石垣から手の届くところのものは取りつくしてしまった。私たちは、だんだん軽技《かるわざ》まがいの無理をして、手足を遠くへ伸ばすことになる。堀の深さはわからない。それに堀のなかには馬の死体があった。あるいは人間の遺体も沈んでいるかもしれなかった。それでも私たちは、あと少し、あと少しと手足をのばし、ついには棒まで使って、一本でも多く引き寄せようとする。

そんな時、一人の女の子が、手をすべらせて堀に落ちたことがある。あっという間にお腹あたりまで沈んだのを、私の弟が素早く引きあげた。泥んこになって引きあげられた彼女のからだには無数の蛭《ひる》がはりついていた。裸になった体をしらべるもの、脱いだ服を調べるもの。肌にはりついた大きな蛭は、なかなかとれなかった。やっとはがすと、そこから血が吹き出すのであった。

こうして蓮の実の収穫が少なくなってからも、子供たちはみんなで分け合って食べて、しあわせであった。また蓮の葉は、大人も子供も雨傘として重宝《ちょうほう》した。太い茎、大きな葉は、子供には少し重かったが、葉の上に溜まる雨水が、ころころと光る銀の玉となり、やがて大きくゆらゆらと銀の月のようになってきたのを、するりと地上へこぼす。そのようにして遊びながら、大きな蓮の葉の下に入ると、童話の小人《こびと》になったようで、雨の日も楽しかった。

その日、私は加わらなかったが、弟や従弟たち数人の子供たちは、お堀へ蓮根《れんこん》を掘りに行った。男の子も女の子も、みんな素裸になって堀に入ったという。子供たちが、素手《すで》でどのようにして蓮根を掘ったのだろうか、それぞれ一応の収穫を得て帰路についたとき、大人に見つかってしまった。その時期、専門の蓮根掘りの人たちが、舟を仕立てて作業をしていたのだった。怒鳴られた子供たちは、クモの子を散らすように逃げたが、弟がふと見ると従弟がつかまっていた。従弟は、やさしく、おっとりした子だったので、何事も要領が悪かったが、そのときは幸運にも従弟を捕らえた人がたまたま祖父の知人だったため、従弟は祖父へのお土産の蓮根までもらって帰ってきたのであった。

ある日の夕食、私の家では「すき焼き」であった。

「すき焼き」といっても、フライパンで青葉（或いは雑草だったかも知れない）を煮ただけのものであったが、その夜は、幾片かの白い小さな肉が入っていた。

「うん、これはうまい！」

父は顔をほころばせ、弟はそれを見て得意そうな顔をした。母と私と妹は、なんとなく気味が悪くて箸《はし》をつけなかった。

「ほんとうに、うまいよ。貴重な蛋白質《たんぱくしつ》じゃ。食べたほうがいいよ」

父にそう言われて、私はひと切れ口にはこんでみた。鶏肉のような味であった。

それから二、三日後だったろうか。炊事《すいじ》用などのためにあめてあった水槽の傍で、弟が何やら奮闘しているので近づいてみると、板の上に食用蛙を乗せて、さばこうとしているのであった。蛙は非常に元気で、押さえつけられた足を振り切って逃げようとする。弟は思うようにナイフが使えなかったが、そのうちに本当にあっという間に、くるりと蛙の皮をはいでしまった。皮をはがれた蛙は私の前でぴょんと跳ねた。私は悲鳴をあげて家の中に飛び込んだ。

「幹雄ちゃん、お願いじゃけん、殺生《せっしょう》だけは止めて！　お母ちゃんが病気なのも、そのためかも知れん。殺生だけはやめてちょうだい」

母に説得されて以後、弟は蛙をもって帰らなくなったが、弟の話ではそれからも毎日、蛙をとりに行ったという。蛙は饒津《にぎつ》神社の向こう、広島駅寄りの鶴羽根《つるはね》神社の池にたくさんいて、一人のおじさんに
「わしの家内が病気じゃけん、家内に食べさせるために蛙をとってくれ」

と頼まれていると言っていた。


被爆の翌月、九月の枕崎台風の後は長い間、水が引かなかった。弟は流木で（焼けトタンもあったかも知れない）筏《いかだ》を作って従弟たちと大いに楽しんでいた。同時に、この筏がたいへん役に立った。薪にするための木片を集めたり、向こうにある物干し竿への洗濯物の運びなどだ。物

干し竿といっても、二本の棒柱をたてて細い棒切れを渡しただけのものだったが、少しの風にも棒柱ごと洗濯物が泥水の中へ落ちるので、祖母や母は溜息をついて濯《すす》ぎ直しては筏の弟にたのむのであった。筏には体重のある大人たちは乗れないので、私が洗濯物を干したり、取り込んだりした。そんなこともあり、弟は不安定な筏を得意になって遠くまで漕ぎまわり、母をはらはらさせていた。

広島城の敷地内には、日清戦争のときに置かれた大本営《だいほんえい》の建物があった。建物は爆風で壊れたが、焼けないまま残っていた。私たちはここから、木材、瓦、紙（書類）など、いろいろなものを拾ってきては生活に役立てた。

「『大本営跡』と書いてある門柱を担いで帰ったのに、薪にされてしまった。惜しかったなあ。今ごろ持っていればいい記念になったのに」

のちに、そう言って弟が悔やんだことがある。

広島城址の南の出口に近い石垣に添うように、原民喜の詩碑が建てられていた。被爆詩人の彼は、かずかずの悲痛な叫びのような原爆詩を残して線路に身を投じて、若い生命を絶った。城址の銅板に刻まれた詩は、原民喜本人の書だったのだろうか、すばらしい書体だった。

遠き日の石に刻み

砂に影おち
崩れ墜つ
天地のまなか
一輪の花の幻

原　民喜

その銅板に石を投げつけたような傷が二、三個付いた。私は心を痛めた。しかもその傷は、私が足を運ぶたびに多くなり、誰が何のために？　と怒りを感じるようになっていた。そんなある日、弟の幹雄とそこを歩いたとき、彼が言った。

「これを標的にして石投げの練習をしているんだ」

その後、この詩碑は見えなくなった。詩碑のなくなった石垣のそこが妙に虚しくなり、私の心も虚しくなった。何年か経って、私はそこに立ってみた。

〈ここに本当に詩碑があったのだろうか？　記憶違いだったのだろうか？〉

私は幻だったような気もするのであった。

ある日、私は川原へ行って数粒のシジミガイを拾ってきた。その夜は鍋いっぱいの水に貝を入れ塩で味付けをした汁を、「今夜は貝汁だ」と一家で舌つづみをうって食べた。その後も私は、潮が引くのを見ては川原へ行き、長い時間をかけて貝を拾った。

そんなある日の午後、川の中ほどにできていた砂州《さす》へ渡り、あと一個、あと一個と貝を探して砂を掘っているうちに夕闇が迫ってきた。もう貝か石ころか見分けることもできない。帰ろうと思って立ち上がった私は、驚いた。潮が満ちてきていて、岸に続く砂地は遠ざかっている。潮の満ちるスピードは速い。〈どうしよう〉と考えている私の足もたちまち水の中であった。〈向こう岸へ渡ることができない……〉私は強い恐怖を感じた。

このようにして子供たちは、生命にかかわる危険のなかをすり抜けて生きていた。

# 20　太陽の下で、星空の下で

病苦を顧みる寸暇すらなく、その日その日の糧を得ることのみに明け暮れていた私たちは、今日が何月何日か、ピカから何日たったのかを考える余裕もなかったし、必要もなかった。私たちは、太陽が昇ると共に、生きるための活動を始めた。生きるための活動とは、餓え死にしないための活動である。今夜の糧を得るために。明日の糧を保つために。ただひたすら、それのみのために、太陽が沈むまで働いた。

いつ頃だったろうか。私が焼け跡で最初に目にした人影は、近郊の人が、大八車を引いてきて、焼け跡からめぼしいものを探して持ち帰る姿であった。やがて大八車が馬車になった。めぼしいものの一番は、五右衛門風呂だったようである。日を経ることもなく、周辺の五右衛門風呂は無くなり、満天の星の降る下で、私たちが入浴を楽しんだ、あの五右衛門風呂も、いつの間にか姿を消していた。焼け跡にぽつりぽつりと人が戻ってきた。もちろんほとんどがバラックだったが、中には壁付きの家を建てる人もあった。

二人の明るい青年がいた。ひとりは青木さん、電気屋の息子で明朗闊達。ひとりは春野さん、思慮深そうで穏和だが暗い翳はまったくない。焼け出された二人は、家壁の木舞掻きの仕事で生活を支えていて、中学生だった私の弟・幹雄をアルバイトとして働かせてくれた。幹雄は、仕事の覚えが速く手際がよいので、大人の倍近く仕事をこなしたそうで、青年たちを驚嘆させていた。毎夕、幹雄を送って我が家にやってくる二人は、母の作った蒸《ふ》かし芋を頬ばりながら、その日の出来事を談笑する。幹雄は仕事だけでなく、行動や会話も愉快だったようで、彼らの話題は、先ずその日の幹雄の活動の話から始まる。それから焼野で暮らす人たちの情報。私たちは彼らによって、白島の人びとの様子を知るのだった。例えば、「誰々さんが戻ってきた」、「誰々さんが家を建てる」、「ピカのとき誰さんはこうだった」等々。毎日二人は、楽しい夕べのひとときを私の家の上がり框《かまち》で過ごすのであった。

彼らには、もう一つ胸をわくわくさせる関心事があった。私の一族の中の、富子叔母、美津子姉、そして私の三人の存在である。私たちは、それぞれ五歳ずつの年齢差があるトに性格も異なったが、三人はまるで仲のいい三姉妹のようだった。

事実、私は、叔母を富子姉さん、姉を美津子姉さんと呼んでいて、八十六歳になった現在もそれは変わらない。私たち三人は昼間は忙しく働くが、夕食後はよく戸外に出て焼野原に三人並んで座り、いろいろな話しが尽きないのであった。闇の中にも全身で感じる渺茫とした焼野、夜空はどこまでも広く深く、そして満天の星。金色の細筆を滑らせたような新月が生まれると、すぐに研ぎ澄ませた鎌の三日月、天使が奏でる上弦の月、匂うような十三夜の月、目を見張るばかりに大きな、大きな満月、どこか哀愁を秘めた十六夜の月。遠くに目をやれば果てしない宇宙。私たちの話題は病苦や生活苦ではなかった。将来に思いを馳せる空想に近い話だった。くり返し話しても、いつも新鮮な希望であり、夢であった。

ふたりの青年は、富子叔母を「夢を追う女」、美津子姉を「現実的な女」、そして私を「理想を求める女」と評して、彼らの想像の世界を膨らませて楽しんでいた。

焼け跡から五右衛門風呂が失せ、避難していた被爆者たちが焼け跡に戻り始め、少しずつ社会生活らしい形ができていった。青木さんは、稼業の電気店の再興を試みなければならなかった。春野さんは、母親ほども年齢の違う女性と同棲して近所の悪評を買った。

「春野さんは、あんなに真面目でいい人なのに、カツ子さんが虜にしたんよ」

「カツ子さんは丙午《ひのえうま》生まれじゃけんね。丙午生まれの女は男を殺すというのは本当じゃね」

「あんな歳で……よう恥ずかしゅうないことよ」

「可哀想に。春野さんは一生を台無しにされてしもうたね」

さっぱりとした性格のカツ子さんは近所の人たちとの付き合いも広かったのに、この一件で、すっかり悪女扱いとなってしまった。しかし、私はひとり心で思っていた。〈恋に何の年齢差などあろうか〉と。

# 21　原爆ドームの前の灯籠流し

八月五日、六日の夜、生き残った被爆者たちが、手作りの灯籠を手に悲しみを寄せ合うように元安川のドーム側の岸に歩を運んだ。私の家族もその日がくると、細竹を割り紙を貼って灯籠を作り、夕暮れが迫ると祖母の一家とともに夜風に吹かれながらドームの岸へと向かう。祖母は「寅雄」、母は「英雄」、私は「友柳さん」、そして飯田さんが亡くなってからは「飯田さん」とそれぞれの名前を書いた灯籠にローソクの灯を入れて、そっと水に浮かべる。灯籠は別れを惜しむかのように、なかなか手から離れない。泣きながら、それをそうっと向こうの流れへと押しやる私たち。やっと灯籠が岸から離れると、遺族たちは、亡き親や子を追うように自分の灯籠に添って歩き始めるのであった。

この日は夕方、満潮になるようで、灯籠たちはいったん上流にゆっくりと遡《さかのぼ》る。少しの風にも灯が消えかかり、わずかな波にも転びそうな風情の灯籠たちが、まるで我が家を恋い慕って川を上るかのような様子が、また涙を誘うのであった。引き潮になると、岸に沿って身を寄せ合う灯籠たち。独り離れて、心もとなく揺れる灯籠。霊魂たちは青く泣くように、赤く叫ぶように、ひとつひとつが耐え難い、悲痛の表情を保ちながら、あの日のように海へと運ばれて行くのであった。

翌朝、広島の渚は、びっしりと灯籠の亡骸で埋もれていたという。いつの頃からか、ドームの岸辺で、手作りの素朴な灯籠を売るおばあさんがあった。子供たち一家を失い、独りでほそぼそと生きていると聞いて、私たちは灯籠をおばあさんから買うことにしたが、三、四年後には、おばあさんの姿は見えなくなった。

何年か後、私は久しぶりに灯籠流しに行ってみた。すっかり整備された川岸には、かつてのような素朴な岸も浜もなく、川面には、画一的なわずかな灯籠が浮かんでいた。そして、いくつかの灯籠が岸に寄ろうとすると、舟上の人が棹でつついて流していた。

どこからか、大きな読経の声が聞こえる。僧侶はどこに？　しかし、それは川に浮かべた舟からテープで流しているのであった。平和公園寄りの橋のたもとに大きなテントを張って、観光団体が既製の灯籠を売っていた。私が行ったときには売り切れていて、値段票のみがひらひらと風に吹かれていた。その高価なのに、私は驚くとともに、心の中に冷たい風が空しく吹き抜けていくのを感じた。

広島の夏は暑い。
私のからだは強烈な太陽光に弱い。
いつまで経っても消えない重い心の傷。
夏――私は広島へ帰りたくない。

「原爆六十周年祈念の日に広島で会いましょう」と約束して別れたノルウエーのオレ（Cle）「ひとり反核平和運動家」と会うために、またNHK広島児童合唱団の「水の祈り（橋爪文詩、若松正司曲の委嘱作品）」の演奏会、それにNHK海外放送の収録等のために、その夏は何日間か広島に滞在した。約束の彼と会ったばかりでなく、ニュージーランドやスウェーデンの旧友たちとの思いがけない再会、普段は忙しくしていて、なかなか会えないでいた日本の方々、その中には遠い先祖の縁戚の人との出会いまであった。広島はやはり固く私と結ばれていたのだ。

この年、私も灯籠流しに参加した。原爆ドームの対岸、平和公園側の一部に灯籠を流す場所が作られていた。灯籠を手に持った大勢の人びと、水辺に辿り着くまでには、しばらくの時間が必要だった。広島は国際都市となり、灯籠流しも観光色めいたお祭りのようであった。人びとの隙間から、そっと灯籠を水面に載せながら、私はかつての悲哀を、そっと心に抱きしめた。

## 22　幻の壁画護岸と空中遊歩道

「水の都」・広島の市民の生活は川とともにあった。どこに行くにも橋を渡り、私たちは町名よりも川や橋の名前で街の位置などを覚えていた。澄み切った水、眩しいくらいの白砂の川原、子供たちは遊びも危険も川で覚えた。○○橋まで、とみんなでボートレースをしたり、学校の体育の時間に、△△橋から□□橋までと遠泳をしたこともあった。

早春、鮎が川を上ってくる時期になると、私は投げ網を見るために、よく常盤橋へ行った。いつも決まったおじさんが一束の網を肩に掛けて橋上にやってくる。網を投げるのは山陽本線の鉄橋と常盤橋の間の水面と決まっていた。川の水は、キラキラと輝くさざ波に覆われていて、鮎が上ってきても、よほど注意して見詰めていないと、さざ波なのか鮎なのか見分けがつかない。息を殺すようにして、じっと注目していると、さざ波の光の中に、やや色を得た細身の形のいい小さな魚、鮎が二匹、三匹と目に留まる。するとその後から鮎の群が上ってくるのだった。

おじさんは肩に掛けていた網をパッと投げ広げる。巨大な傘のような見事な弧を描いて水面を覆う網、その美しさは芸術とも言えた。鮎の動きは敏捷で、引き揚げられた網には、良くて二、三匹、一匹もかかっていない時の方が多い。それでもおじさんは諦めないで、丁寧に次の準備をする。あの美しい孤を開くには、網のたたみ方にコツがあるのも、私には分かってきた。私は、もう一度、もう一度と、見事な一瞬を待って、長い時間を過ごすのであった。

原爆のとき、人びとは川へ逃げた。川原へ、水の中へと逃げた。
川原まで辿り着いて息絶えた人。
水を求めて潮にさらわれた人。
そして被爆後、岸にバラックを建てて住み着いた人びと。
あれ以来、川は黒く濁り、川原まで泥沼になってしまった。

一面灰燼の街と化した広島で都市計画が始まった頃、当時としては非常にユニークな二つの構想を耳にした。一つは、死者への慰霊と生存者への安らぎを念じて、すべての川の両側を緑の河川公園とし、原爆ドーム付近の護岸には世界中の画家・彫刻家に呼びかけて壁画を彫るというものであった。あとの一つは、川辺に住み着いた被爆者たちが身を寄せ合い、軒を寄せ合ってスラム化した「基町」にいくつかの高層市営住宅を建てて、バラックの住民たちを住まわせ、余ったスペースはすべて緑地にする。またその高層住宅の屋上は、空中遊歩道によってつなぐというものであった。廃墟の街で暮らしていただけに、この二つの構想は、広島市の未来像として、私の空想を楽しませてくれた。両方とも実現しなかった。

いま広島の川岸は、外部からの訪問客が多い平和公園付近はコンクリートの護岸と川沿いの遊歩道ができているが、私が子供の頃に親しんだ上流は泥沼化していて、昔日の清流は想像することもできなくなっている。コンクリート固めの護岸も、箱庭のような遊歩道もいらない。市民が水に親しみながら生活できるように、訪問客が水に手をひたして「水の都」広島で、やさしく平和を感じられるように、澄んだ水や白砂の川原を取り戻して欲しい。

著者（左）　16、17歳の頃　逓信局の屋上で親友と

# 23　二つの慰霊碑

三〇年くらい前、ハワイへ行く機会を得た私は早朝一人で真珠湾に足を運んだ。一度は訪れてみたかった所であった。風の強い日で、濤々《とうとう》と荒れる沖に白い慰霊碑が見えていたが、私たちはまず陸上で、勇ましい日本軍や、馬上姿の昭和天皇のクローズアップ、そして真珠湾奇襲攻撃のフィルムを見せられた。

次に二、三〇人ずつボートに乗って、沖の海上に浮かぶ白い建物へと向かった。建物は戦艦アリゾナ号を跨《また》ぐ形で造られていて、そのテラスからは海底に沈んだ艦船の表面をほぼつぶさに眺めることができた。海面に突き出した太い煙突の周りには、いまも油が浮き、半世紀以上錆びに覆われた艦内には、乗組員の遺体がそのまま留められているという。もうすでに魚たちについばまれて原形は失っているだろうが、もしも私のこの足下に、自分の息子たちがいるとしたらと考えたとき、私の全身を悪寒《おかん》が走った。遠い深海ではない手の届くすぐそこにある遺体を、なぜ今もなお地上に戻さないのであろうか。

戦争を正当化し、戦意を鼓舞する覇権国・アメリカの支配者の、人間としての愚かしさを、そこに見た私は間違っているのだろうか。華やかな献花に飾られた慰霊碑正面の戦死者の名前の前で、見知らぬ彼ら一人ひとりに、私もひとりの人間として語りかけ立ちつくした。

広島の平和公園にも、はにわの家型の石造りの慰霊碑がある。「安らかに眠って下さい　過ちは　繰返しませぬから」と刻んである。

これには、人類の上に戦争という最大の過ちを犯し、人間が人間の上に原爆を炸裂させるという暴挙を犯した二〇世紀の人間としての謝罪と、この愚を二度と繰り返さないという誓いが込められている。広島の慰霊碑にも、いつもささやかな花が捧げられている。それは真珠湾のような華々しい軍隊の献花ではなく、ひとりひとりの人間の祈りと愛の姿である。

この二つの慰霊碑の語るものについて、私はふかく考えさせられるのである。

私は広島に帰るたびに慰霊碑に足を運ぶ。そのとき、非常に心を暗くするものがある。慰霊碑の斜め後ろに高々と翻《ひるがえ》っている「日の丸」の旗である。私の世代の多く、特に庶民にとっては「日の丸」は戦争の旗である。「日の丸」の旗を振りかざしながら戦争を鼓舞され、「日の丸」の旗を振って、出征兵士を見送った。「日の丸」の旗を掲げて他国を侵略し、その国の人を殺し、また自らも死んでいった。そして、最後に原爆が落とされたのだ。

広島で原爆死させられた外国の人もたくさんいる。アメリカ軍人の捕虜さえ死んでいる。広島には多くの外国の人々が訪れる。彼らは慰霊碑に翻る「日の丸」の旗を見て何を感じるだろうか。広島の足跡を逆さまにしたようなデザインで、平和・反核運動のシンボルマークとして世界中で使われているものがある。私はこのマークの旗の方が、はるかに広島にはふさわしいのではないだろうかと思っている。

# 24　山崎先生のこと

一九九七年春、ＮＨＫ広島児童合唱団のイタリア演奏旅行に同行した。曲目の中に私の詩「原爆忌」（木原宏寿作曲）が含まれていたが、子供たちが歌で訴える反核・平和の願いが国境を越えて人びとの心に響きわたることに感動した。

すべての演奏日程が終わった夜だったと思う。大人たちだけホテルのバーでくつろぎの楽しいひとときを持った。みんな広島の人たちである。原爆の話になった。私が、あの朝、日赤病院で聞いた医師の声「ひどい出血だ！　眠らせると死にますよ」、そして友柳《ともやなぎ》さんが私の名前を叫び続けてくださったことを話したら、合唱団に同行してくださっていたドクターが、「それは父だと思いますよ」とおっしゃった。そのドクター、山崎先生のお父様は当時日赤病院歯科医長で、防空司令消防班長として当直中だったそうである。

帰国後、私はお父様にお目にかかりたいと念願した。「私はこうして生きています」とお礼を申し上げたかった。しかし西と東に離れてその機会がないまま、お父様は一九九九年五月一七日、九四歳で逝かれたという。

二〇〇一年に母の三回忌法要のため広島に帰った私は、ご家族の方といっしょに山崎先生のお父様のお墓参りをすることができた。小雨に濡れるお墓にはあたたかい気配があり、私は感無量の思いで対話した。己斐《こい》の山にある平和霊園、そのすぐ北の三滝《みたき》の墓地には飯田義昭さんのお墓がある。もしかしたら、友柳さんもこのあたりに……?

いつの日か、私は友柳さんにも会えるかも知れない。

# 25　友柳さんのこと

八月六日の朝、重傷を負った私を日赤病院へ運び、出血多量のため死の淵《ふち》をさまよう私を、必死になって呼び戻してくださった友柳さん。

「眠らせると死にますよ！」と注意してくださった山崎先生。

二人の助けがなかったら私は現存しなかったであろう。

その後、私は一度だけ友柳さんに会ったことがある。何かの用があったのだろう、私は一人で焼け跡を広島駅の方へ向かって歩いていた。見渡す限りの瓦礫《がれき》の街、道だけが白く続いていたが歩く人の姿はなかった。すると向こうから男の人の乗った自転車が走ってくる。

〈自転車？〉

焼け野で生きる人びとは着のみ着のまま、破れた衣服、裸足《はだし》で歩いている頃であった。自分の目を疑うように立ち止まった私の横を、後ろに人を乗せたその自転車は猛スピードで通りすぎていった。その時、「あっ」と声を立てて私の名前を呼んだ女性があった。

「友柳さん！」

私は自転車を追って少し走ったが、自転車の荷台にすわった友柳さんの姿はぐんぐん遠ざかって行ってしまった。

私は友柳さんを忘れることはなかった。被爆から二年たった昭和二十二年、旧制女学校を卒業した私は広島逓信局に就職した。逓信局は白島町、貯金局は千田町《せんだ》と離れてはいたが、友柳さんと同じ逓信局勤務だった。私は彼女に会いたかった。しかし私は非常に重い〝貯金局恐怖症〟にかかっていて、「貯金局」と思っただけで、あの時の惨状が目に浮かび全身を悪寒《おかん》が走るのだった。もっとひどい時は貯金局のある南の方を向いただけで、めまいがし、嘔吐《おうと》するのであった。

現在のように電話があるわけでもなかった。事務連絡など、用があるときは職員が足を運んでいたようだった。ある日私は、貯金局に用事があるという男性職員に、友柳さんへの伝言を頼んだ。あの日のお礼と、私がいま逓信局に勤務しているという、二つのことを。

彼の返事は、思いがけない内容のものであった。

「友柳さんは、昨年、原爆症で亡くなったそうです」

〈そんなはずはない、信じられない……〉

そう否定しながらも、私の心は恐ろしさに震えていた。

私の記憶では、あの日の友柳さんは怪我をしていなかった。焼け跡ですれ違った、自転車の荷台に腰掛けた姿も元気そうだった。

私は自分の足で確かめようと決心した。しかし、どうしても〝貯金局恐怖症〟から逃れることができなかった。また原因不明と云われて苦しんできた私の病気が膠原病《こうげん》の一種、全身性エリテマトーデスという難病と診断され、その病気の悪化と、闘病生活も加わり、ついには東京逓信病院での治療のために広島を離れることになってしまった。

三十年が経った。

難病の軽癒《けいゆ》した私は、東京で結婚し三人の息子の母となり、子供の夏休みには彼らを連れて広島の実家に帰ることもあった。そんなある夏、私は息子たちを原爆忌の式典に連れて行こうと思い立った。いままで私自身、式典には一度も参加したことはなかった。

午前八時過ぎといっても広島の夏の日はむし暑い。原水禁運動が盛りあがっていた時期だったのだろうか、平和公園に集まった大勢の人びとからは渦巻くような熱気があがっていたが、被爆者席としてロープをはられた芝生の一画の私の周囲では、年老いた被爆者たちが、地底から背負ってきたような悲しい影をまとって、うつむいて座っていた。

式典が進むにつれて、みんな涙し、あちこちから嗚咽《おえつ》があがった。来賓の弔辞や献花がつづいたが、私にはそらぞらしく感じられた。式典が終わったあと、小学四年生だった長男が云った。

「お母さんは、どこで被爆したの？　その場所が見たい。

そして、お母さんが歩いた道を、ボクも歩いてみたい」

私たちは、平和大橋を渡り、電車通りを貯金局のある南へ向かって歩きはじめた。いまも路面電車が走る道筋は当時と変わらないが、道巾が広がり両側には新しいビルが建ち並んでいる。私は黙々と足を運んだ。市役所前を通り過ぎると、鷹《たか》の橋から電車通りを左へ曲がる。そのあたりから私の足は鉛のように重くなり、やがて日赤病院へとさしかかった。

〈入ってみよう〉

ずきん、と胸が痛む。

前庭の丸い植え込みは、あの日のままであった。しかし、ぼうぼうとした焼け野へつながっていた土の庭は舗装《ほそう》され、すぐ近くまで建て込んだ家屋《かおく》によって、せばめられていた。私はまっすぐに、植え込みの一カ所に近づいて行った。頭上に燃えさかる猛火と、降りしきる火の粉の下で、シーツをかぶって飯田さんと一夜を過ごしたのはここ。あのとき、耳もとでパチパチと音をたてて燃えたのは、植込みの松の葉だったと思うが、今は立派なソテツが腕を張っている。待合室に入ってみた。広い待合室には整然と椅子が並べられ、大勢の患者たちが会計や投薬を待っていた。中央の柱。私はあのとき、この柱の根元に横たえられたと思う。

「これはひどい。ひどい出血だ！眠らせたら死にますよ」

軍医らしい声と、去って行く足音、必死で私の名前を呼びつづける友柳さんの声が、脳裏によみがえってくる。この床には、一面に瀕死《ひんし》状態の人びとが倒れていた……。感無量で立ちつくす私に、ベンチに座っていた人が席をすすめてくれた。

「ありがとうございます」

しかし私の足は自然に地下室へ向かった。地下室に降りる階段のところまでくると、私の心は恐怖で重くなり、足が震えたが、一段ずつ踏みしめるように降りていった。

地下室は食堂になっていた。向こうの壁の、あのあたりに横たえられたのだったろうか……。勢いよくなだれ込んでくる煙を眺めながら、あそこで死を待ったのだろうか……。

そして鏡は？　鏡は階段の右手にあったはずだ。だがそこにはテーブルと椅子があるだけで鏡はなかった。

私はふたたび戸外へ出た。日赤病院と貯金局の間には、建物がびっしりと建ち並び、もうあのときの火を噴《ふ》く空き地を想像することはできなかった。

貯金局の前にやってきた。

「お母さんが被爆したのは、この建物の中なのよ。三階の窓の傍の……」

息子たちに説明しながら、私の目はうつろに地面を見つめていた。頭の芯《しん》が鉛のように重く、からだは呪文《じゅもん》にかかったように痺《しび》れて、顔を上げることができなかった。

その後、私は三度この貯金局に足を運んだ。法要や子供の夏休みで、広島に帰った際に、一人で訪れた。最初の時は、足が自然に横手にある通用門の方へ向かったが、門の前までくるとぴたりと止まり、どうしてもそれ以上前へ進まなくなって引き返してしまった。

二度目は、通用門をくぐることができた。全身に恐怖感が走る。それでも私は、一段ずつ踏みしめて、ゆっくりと上がって行った。階段の壁のしみは、あの日の誰かの血の跡ではないだろうか。そう思うと、また恐怖が全身をつらぬく。三階の手前、このあたりにお腹の裂けたミヨちゃんが倒れていたのであった。とうとう私は、三階の事務室へ入ることができた。広い室内は書棚などで仕切られて、東北の角の方にあったかつての私の席は見えなかった。人口近くの職員に事情を話して、友柳さんのことを尋ねてみた。親切な人で、「四十年も前のことですし、現在ここは市役所の分室になっています。貯金局は、広島駅新幹線側へ新庁舎を建てて移りました。そちらでお尋ねになってみてください」と話してくれた。私はお礼を言ってそこを離れたが、新しい貯金局へ行く勇気はなかった。

三度目は、自分の記憶の一部を確かめたくて、もう一度この建物に足を運んだ。というのは、私はあの日、三階から裏階段を下りる途中で窓の向こうに街を見た。最初は左手の街が、次に右手の街が、はらはらと崩れていくのを確かに見たのであった。それは階段の踊り場からだったように思う。あの階段の踊り場にはどんなふうに窓がついていたのか、そのことを確かめてみたかったからだった。しかし、かつての貯金局の建物は高い幕で囲われて、取り壊し中であった。それを見た時、私は怒りに似た強い衝撃を受けた。藤田組と書かれた幕の外側を何度も廻って歩いた。日曜日だったため、工事の車の出入り口も閉ざされて、黄色いクレーンが曇天に鎌首をもたげていた。私は憑かれたように、わずかな隙間から中を覗き込んでみた。中ではすでに半ば壊された建物が無惨な傷口をさらしていて、砕かれたコンクリートの塊《かたまり》に、一台のクレーンの爪が突き刺さっていた。その汚れた大きな爪が、私の心を引っかくように思われ、私は自分の中のかけがえのない貴重なものが、音をたてて崩れていくのを感じた。そしてまた、私は実感したのであった。長い間、私の中にわだかまっていた〝貯金局恐怖症〟が消え去っていくのを。

私は新庁舎へ足を運んだ。私の全く知らない、どこにでもある近代ビルの顔の新庁舎で、私の心は平静であった。

「最近になって、あなたと同じように当時の人を探しに見える方があるのですよ」

係の女性はやさしかった。

「倉庫に収納してある古い名簿を調べて、ご通知いたしましょう」

数日後、結果が送られてきた。

友柳さんは、同じ時期に姉妹で貯金局に勤務していたようである。妹さんの方が、私の知っている友柳さんらしい。昭和二一年、死亡退職。やはり、亡くなっていたのだった。私は長い間心の中で揺れつづけていた一つのものが、悲しく定着するのを知るとともに、お姉さんを探しはじめた。広島在住の従弟に頼んで調べてもらったが、戦後の街の区画は変わり、町名変更もあって手がかりがないという。私が諦めかけていると、従弟から一報が入った。広島郊外の老人ケアホームに入所している一人の女性が、名前は違うが友柳さんのお姉さんらしい。「ご本人は、頭の健康を害しているかも知れないので、看護婦さん宛てに手紙を出してみたら」という。しかし返事は来なかった。人違いだったのだろう。


一九九四年八月、私は法要のため、当時は私の家に同居していた母を連れて広島に帰り、叔母の家に泊まっていた。私たちが夕食をしていると電話が鳴った。

「鎌倉のお宅に電話をしたら、広島にいらしていると、こちらの電話番号を教えてくださいました。私は友柳寿子の姉です」

老人ケアホームにいるという方とは、別の方のようだった。

「妹のことは忘れてください。どうか、もう探さないでください」

「……」

「私はひとりになりました。過去を思い出したくないのです。今も泣きながら電話をしています。妹のことは忘れてください」

私も泣いていた。お姉さんは「三篠《みささ》に住んでいます」とだけ言って、いくら頼んでも住所も電話番号も寿子さんのお墓も教えてくださらなかった。私はそのとき、大きな痛みとともに知ったのであった。いまもまだ生なましい傷から血が噴《ふ》き出している人のあることを。半世紀の歳月の後、やっと私は原爆のことが書けるようになった。聞かれれば話すこともできるようになった。しかし、友柳さんのお姉さんの電話は、五〇年過ぎても過去にならない原爆の恐怖を、改めて私に教えたのであった。

# 26　飯田さんのこと

あの夜、燃えさかる炎の下で、全身に火の粉を浴びながら、生死を越えて、この世のものとは思えないほどの心静かな時間を共有した飯田さん。自らも傷を負いながら、死んでいく人びとに一口ずつ水を与えて歩いていた飯田さん。彼も、いまはこの世にいない。

八月七日の朝、御幸橋《みゆきばし》のたもとで飯田さんと別れた私は、一日も彼を忘れたことはなかった。

「ありがとう」と、一言いいたかった。

彼が親戚だといっていた村井さんとは、被爆後もずっと親しくしていたので、一度だけ彼のことをきいてみた。

「飯田の息子は、こんな時代なのに、本を読みふけったり、洋楽を聴いたり……不良だったという話ですよ」

不良。それは当時の少年少女たちにとって忌避《きひ》すべき言葉であった。私は、彼を汚されたと思い、二度と村井さんに彼のことを話さなかった。

昭和二二年に私が逓信局へ就職したことは前にも書いたが、当時の広島では、原爆の生き残りと、引揚者《ひきあげ》、復員軍人などが、明日に希望が持てず、その日その日を生きていくのが精いっぱいの生活をしていた。逓信局の職員たちもみんな、いつも餓え、疲れ果てて暗い顔をしていた。そんな中で、私の配属された秘書課では、「いつも明るく、楽しく、若く」をモットーにした、ガリ版刷りの月刊誌『青空』が発行されていて、古参《こさん》から新入職員まで、みんなが参加することになっていた。企画、編集、ガリ版刷りから配布まで、一手にこなしている人は、結城さんという軍隊から復員した青年であった。秘書課は局長から用務員さんまで抱えた大所帯であったが、結城さんは秘書課の太陽のような存在であった。彼は『青空』を発行するだけでなく、疎開《そかい》させてあった自分の書籍を職場に持ち込んで回覧したり、職場や広島大学の学生たちに呼びかけて句誌『焼野』の編集、発行もしていた。この『焼野』は、全国の逓信省職員へとひろがっていった。結城さんはまた、広島逓信局の各部、課ごとに一つの催し物を出す演劇祭を企画した。優秀作品には賞も用意された。それは一個の石鹸であったり、一本のタオルだったりしたが、当時は誰にとっても貴重品であった。

私が入局した次の年の演劇祭では、私たち秘書課は宮沢賢治の「ポランの広場」を上演した。企画、演出は結城さん、秘書課のほとんどの職員が、出演や裏方で参加することになり、私は大勢の女子職員といっしょに村の娘になって、歌ったり踊ったりする役だった。歌は音楽監督に選ばれた女性が指導したが、後になって、その旋律がベートーヴェンの第九シンフォニーの「歓喜の歌」だったことを知った。私はいまでも「歓喜の歌」を聴くたびに、「ポランの広場」の歌詞が口をついて出てしまう。

上演の前日、数人の女子職員とともに、焼け跡に群生したクローバーを摘《つ》んで、村娘たちが髪にかざる花輪を作った時のことも忘れられない。その中の一人がクローバーを摘みながら美しい声で「ローレライ」や「庭の千草」「埴生《はにゅう》の宿」「菩提樹《ぼだいじゅ》」などを歌ってくれた。私は、その透きとおった声の美しさに驚き、はじめて耳にする西洋の歌の甘美さに酔った。「ポランの広場」は、全審査員一致の優秀賞に選ばれた。『青空』は「ポランの広場」特集号を出し、私も「村の娘ふみ」として作文を書いた。

次の年は、やはり宮沢賢治の「グスコーブドリの伝記」に取り組むことになり、私はブドリの淡い恋人役（原作では妹）として、主演の一人に選ばれた。昼休みや終業後に、結城さんと、他に二、三人の裏方さんの前で、ブドリと私の二人だけが特訓されたが、初めて親しく接する結城さんは、演技の注文がきびしく、人の心の底まで見抜く力のある人のようで怖かった。

またあるとき、「後輩の中学生たちを連れて山に登るけど、一緒に登りませんか」と結城さんに誘われて、何人かの職員と参加したことがある。そのときも感想文を書かされた。結城さん編集の『山草』という文集にのせるものだった。

当日は美しく晴れ渡った日で、澄んだ山の空気は、生活に疲れた心身を蘇《よみがえ》らせてくれた。流れる雲がやさしかった。私は「雲」と題して作文を書いた。

そんな結城さんが突然、肺結核と診断され、休職して自宅療養することになった。何カ月かたって職場に復帰した結城さんと、廊下で会うと、

「飯田君を知っている?」と、聞かれた。

「飯田さん?　あの、飯田義昭さんでしょうか」

結城さんの話によると、療養中の彼のところへ中学校の後輩の飯田さんが、ふらりと見舞いに

やってきた。その際

「また山岳部をはじめたよ。『山草』も発行したよ」と文集「山草」を見せると、懐かしそうに『山草』をめくっていた飯田さんの手が、あるページまできて止まって動かなくなった。

「どうしたの？」

「この人を知っています」

飯田さんと私は、あの猛火の下で名前を告げ合っていた。

「飯田さんに会わせてください。ずっと心にかけていました。ひとこととお礼を申し上げたいのです」

「わかりました。そのうちに、きっと」

電話も限られた場所にしかない時代であった。そのまま何日か、あるいは二、三カ月たったのだろうか。ある日、私の家に、幼なじみの登美ちゃんがやってきた。彼の一家は被爆後、父の実家（瀬戸内海の島）へ避難したまま、そこに定住してしまったが、広島大学に勤務していた彼は、広島で下宿生活をしていた。登美ちゃんは、ときどき懐かしい白島町へやってきていた。その夜も、いつものように私の家で一緒に夕食をとりながら、登美ちゃんが言った。

「僕の友人にいいヤツがいてネ。机を並べて仕事をしているのだけど、イイダといってネ」

「イイダさん？　飯田義昭さん？」

「えっ!?　文ちゃん、どうして彼を知っているの？」

こうして、結城さんよりも早く、登美ちゃんが私たち二人を再会させてくれたのであった。福《ふく》屋《や》百貨店の筋向いのビルの二階に、喫茶店があった。窓際《きわ》のテーブルに向かい合って座った飯田さんと私は、感慨無量だった。彼の額《ひたい》の傷跡は、かすかになっていた。私は胸の傷跡も見せてほしいとねだり、彼はワイシャツの胸を開かなければならなかった。私が、この五年間ずっと探していました、と言うと、彼は、私のことを探さなかったという。

「あの日のあなたを、大切にしておきたかったから」

お互いに、生きていくのが精いっぱいの日々であった。電話もなく交通も現在のように便利ではなかった。飯田さんは私の家へ二、三度やってきたが、口数の少ない遠慮深い人柄だったので、私の家族と一緒に食事をすることもなかった。私たちは、ただ静かに散歩をするだけであった。

ある日、彼がヨットに乗ろうと誘ってくれた。晴れわたった真夏の一日だった。風の強い日で、小さなヨットは白い帆を輝かせて疾走した。

「帆柱にしっかりつかまって！」

舵を握る彼の声も風にちぎれた。ヨットは海面すれすれに傾き、私は必死で帆柱にしがみついていた。空も海も真っ青だった。それは、被爆後の悲惨な生活の中で垣間《かいま》みた、印象的で踊るような青であった。

ヨットをおりたとき、

「楽しかった？」

飯田さんは、そう言って、はじめてしっかりと私の顔を見た。それが、飯田さんと会った最後であった。

原爆被爆に関係があるのかどうか、わからないが、私は前にも述べた難病をもっていて、当時、病状は最悪であった。広島逓信病院の院長だった蜂谷先生の紹介で、私は東京逓信病院に入院し、死に直面したこともあったが、どうにか軽癒することができた。しかし広島に戻ると、またも悪化して再び東京で入院ということがつづき、そんな数年を過ごした後に医師のすすめで東京へ転勤した。しばらくたったある日、登美ちゃんからの便りを受け取った。
「飯田さんが亡くなりました。幼い坊やを残して、交通事故で亡くなりました。惜しい人を失いました」

自分で確認はしていなかったが、すでに友柳さんも亡くなったと聞いていた。以来、私は自分に問い続けるようになった。瀕死《ひんし》の私を助けてくださった方が、二人とも亡くなった。私は生きていて、何もしなくていいのだろうか。しかし原爆のことを考えるだけで、私の全身を悪寒《おかん》が走り、何も手につかなかった。背中に重いものを背負って生きているような年月の中で、特に一日中うつむいて顔があげられない日があった。気がつくと、その日は八月六日だった。

生活に追われて過ごすうちに、半世紀近くがたった。私はようやく原爆の詩を書いたり、聞かれれば話すこともできるようになった。私は飯田さんの遺族を捜しはじめた。そして、友柳さんのお姉さんから電話があった同じ年、飯田さんの奥さんと息子さんの消息を知ることができた。

一九九四年八月、原爆死した伯父と弟の五十回忌の法要で広島に帰ったさい、私は飯田さんの奥さんと息子さんに案内されて、お墓参りをすることができた。

広島、三滝《みたき》の山ふところに、飯田家の墓があった。お父さんは海で、妹さんと弟さんが原爆で亡くなっていた。妹さんは十四歳、弟さんは七歳、あの時の私と私の弟と同じ年齢であった。

奥さんの話によると、飯田さんのお母さんは、家族の誰をも看取《みと》ることなく死なせてしまったという悔いを、もちつづけておられたという。

あの日、国民学校一年生だった次男の邁《すすむ》さんは、「行ってきまあす」と言って学校へ向かったまま、遺体も見つからなかった。お母さんは、何年、何十年たっても、息子の死が信じられなくて、あの日、無数の遺体を海へ運んだ川にかかる橋の上に立っては、「すすむーー!」と叫びつづけたという。

また、電話帳が替わるたびに、『イイダススム』という名前を探して電話をした。

「すみませんが、もしや、あなたは……」

息子はまだ幼かったから、自分の名前の漢字を忘れたかも知れない、あるいは記憶喪失の状態で生きているかも知れない。

「本当にお気の毒ですが、お人違いのようです」電話の相手が申しわけなさそうに断わると、お母さんはひどく消沈するが、また次のイイダススム氏にダイヤルをまわす。そしてそれは、亡くなる少し前までも続いたという。

また、義昭さんについては、「長男は、いま外国へ行っているのですよ」と、人に話していたこともあったそうだ。原爆で生き残ることのできた彼の死は、信じたくなかったのだろう。墓碑銘となって並んだ親子五人。

「このあたりには、水引草《みずひきそう》が群生するのですよ」奥さんの後ろにしたがって、湿《しめ》った山陰《やまかげ》に足を運ぶ。水引草――子供の頃から、その淋しげな花が好きだった私は、遠い郷愁とともに飯田さんの、もの静かな人柄を思い起こす。

彼は、家族に原爆のことはあまり話さなかったという。その日、奥さんと息子さんと私は、まるで旧交を温め合うような時間をもち、若い飯田さんと、結婚後の彼とをつなげていったのであった。

飯田家の仏壇の部屋に、アンティークの大きなスピーカーが一つだけ置いてあった。木製のボックスの前面がゴブラン織りのような布張りで、破れかけているが布の刺繍《ししゅう》がすばらしい。

数日前にこの家に引っ越しをしたばかりの奥さんは、

「ここは狭いので、捨てようかと思ったのですが、主人が大事にしていたもので……。これと同じデザインで、刺繍をし直してほしいと言っていたのですが、とうとう……」

と語った。

戦後、広島の「流川通《ながれかわ》り」に一軒だけ音楽喫茶店があった。「ムシカ」といった。あまり広くはないが正面に暖炉がしつらえてあり、その右側にカウンター、そこでコーヒーを入れたり、レコードのリクエストを受け付けていた。明かりはローソクだったろうか、ランプだったろうか小暗《ぐら》く落ち着いて、なかなか雰囲気のある店であった。

私はこの店で、はじめてチャイコフスキーのヴァイオリンコンチェルトを聴き、涙が出るほど感動して、この曲を弾くためにヴァイオリニストになりたいと思った。次には同じチャイコフスキーのピアノコンチェルトに感動し、これを弾くために、ピアニストになりたいと、夢のようなことを本気で考えたものだった。ベートーヴェン、ブラームス、モーツァルトなど、つぎつぎとクラシックの名曲に触れたのは、この「ムシカ」においてであった。コーヒー一杯で、自分のリクエスト曲までの時間を待つ。私はいつも、階段下の隅の椅子に決めていたが、同じ夕べの、同じ時間に、飯田さんも「ムシカ」のどの椅子かで、同じ音楽を聴いていたかも知れないのであった。というのも、いまここにあるゴブラン織りのスピーカーは「ムシカ」にあったものだからだ。「ムシカ」が閉店する際、常連だった飯田さんと店長とで、スピーカーを一つずつ持ち帰ることにしたのだという。

奥さんはまた、仏壇の前に飾ってあった彼の自画像を私にくださった。

「これは結婚したとき、主人が持っていたものです。きっと、あなたの思い出に一番近い絵だと思います」

戦後私は一時期、夜間の美術学校へ通ったことがあった。当時若い女性が夜間の美術学校へ行くことなど常識をはずれた行動であり、父母から反対されたが、たまたま近所の人の息子さんがその美校の先生だったことから、どうにか通学を許されていた。

私は美術史の方は興味があったが、石膏《せっこう》デッサンはどうも苦手だった。いつもベレー帽をかぶった小柄な老紳士の先生は、ほめてくださるのだが、自分で納得がいかなかった。そんな時、学校から父宛てに手紙がきた。

「お宅のお嬢さんは、裸体のモデルになっていませんか」

モデルは私ではなかった。しかし経済的にも時間的にも相当無理をしての通学だったので、それを機に私は学校を退めたが、同じ時期に飯田さんも同じ美校の夜間部に通っていたらしい。石膏デッサンが終わって、私が広間を横切って帰るとき、広間ではクロッキーのグループが勉強をしていた。私はときどき立ち止まって彼らの早技に感嘆したが、飯田さんはそのグループのなかの一人だったのだろうか。飯田さんは終生、絵を描き続けていて、見せていただいたたくさんのデッサンには彼の勉学の跡、油絵には彼の情熱が込められていた。

また広島時代、私は俳句を作っていたが、彼も同じ時期に俳句を作っている。グループは違ったが遺稿を見せていただくと、同じ系統の句であり、選者の名前も私は知っていた。私はまた骨董《こっとう》屋をのぞくのが好きだった時期もあるし、陶芸にも興味をもっていた。子育てが終わったら、瀬戸在住のある陶芸家の門をたたきたいと思っていたが、機が熟さないうちにその陶芸家が亡くなってしまった。飯田さんも、骨董や陶芸の趣味があったという。

「ただ、お金がなかったので、蒐集はできなかったようです」

奥さんはそう言って、一つの志野焼のグイ呑みを私にくださった。

「これを買ってきた時は、寝床の中にうつぶせになって、いつまでも手のひらにのせ、こうして撫《な》でていたのですよ」

私は、絵も、音楽も、俳句も、陶芸も、どれも身につかないまま現在に至ったが、彼は三十七歳の短い人生のなかで、そのどれにも造詣《ぞうけい》が深かったようである。小さなベニヤ板に描かれた、赤っぽい彼の自画像に、時折私は、八月六日の夜、黄金の猛火に映えた彼の顔を重ねてみる。

そしてあの夜の彼のように、私も静かでひたむきな人間愛に生きたいと思う。

# 27　ヒロシマからの出発

フィンランド・ヘルシンキのヒロシマデイにてインタビューを受ける。

難病に苦しみながらも生かされた私は、三〇歳で結婚し、三〇代に三人の息子を授《さず》かった。しかし、四〇代になって病気は再び悪化し、あと半年の余命かも知れないと医師に告知された。何度も死線を越えてきた私には、死は自然に受け入れられた。が、幼い三人の息子たちのことで心が痛んだ。

〝何かを残してやりたい〟――二〇歳前後の一〇年間、私は俳句グループに入って句作をしていた。そのときの先輩が、作曲のための詩の同人誌を主宰していたので、そこで童謡を一つ作れないだろうか、と考えた。息子たちがつらいとき、悲しいとき、私の童謡を口ずさんで〈お母さんが〝生きるのよ〟と励ましてくれている〉と生きる力をもってくれるように。

詩作をはじめて一〇年が過ぎた。私は生き長らえることができた。私は、一〇年間書き続けてきた子どもへのメッセージの詩を、一冊の本にまとめようと思った。ちょうどその作業をしている時に、私たちの住む鎌倉に近い米軍基地のある横須賀港に、核積載疑惑のアメリカの原子力潜水艦が入港することになり、次男がその反対の座り込みに行くという。

彼は幼児期から、ひどい喘息《ぜんそく》をもっていて、伊豆や千葉にある東京都の療養施設に長期入寮したこともあり、気候温暖な伊豆では快方に向かったが、就学期、千葉に転寮してから悪化した。東京から鎌倉へ転居したのも、「気候温暖なところへ引越すと治るかも知れません。五分五分ですけれど」とおっしゃる医師の、その五分に賭けての転居であった。

前夜も発作を起こし、一睡もしていなかった。私は止めた。

「座り込んで、お巡りさんに引きずり出され、また座り込む。それを繰り返すうちに、あなたは倒れ、あるいは命を失うかもしれない。一〇年待ってちょうだい。一〇年後、大人になったあなたが反核・平和への道を進むならば、お母さんは全力で応援します。いまは自分にできること、たとえばお小遣いの中から募金するとか署名をしながら、健康になることに専念した方がいいのではないかしら」

するとゝふだんは温厚な彼が、鼻をくっつけんばかりに私に迫り、両手のこぶしを握りしめ、涙をぽろぽろこぼしながら私を責めた。

「大人たちが何もしないから、僕たちがしなければならないんでしょう。お母さんは被爆者で平和を求めているのに、何もしない。生活が大変なのはわかるよ。でも、新聞への投書とか何かできるでしょう」

その夜、彼が寝てから私は考えた。私にできることは何だろうか……? テーブルに向かい、詩集をまとめるための鉛筆を持ったとたん、原爆の夜のことがよみがえった。黄金の猛火の下で、金の火の粉をかぶりながら飯田さんと過ごした一夜。私が詩を書き終えたとき、白じらと夜が明けてきた。私は息子の弁当をつくり、その下に作ったばかりの詩を入れて寝た。

ふたりのからだの上には　金の火の粉が降りそそいでいた
ふたりの頭上には　猛火が哮《たけ》っていた
ふたりが身を潜めた茂みの葉は　パチパチと焼け弾け
わたしの髪の毛も　チリチリと音を立てて燃えた
真夜中なのに黄金の明るさだった　全市が燃えていた
生はとっくに絶たれ　死もふたりの上を素通りしていった

ふたりは生死を越えた空間にいた
やがては金の火の粉が　ふたりのからだを埋めて行くだろう
（後略）

その日、学校から帰った息子が言った。

「お母さん、わかったよ」

その時、息子は一六歳、あの日の飯田さんと同じ年であった。また不思議なことに、長年私の背に覆《おお》いかぶさっていた重い鉛《なまり》のようなものが、その日を限りに薄れていったのであった。と同時に、私は少しずつ原爆について触れることができるようになっていった。


一九九〇年、私が還暦・六〇歳になったとき、ぽつんと長男がつぶやいた、「お母さんに自分自身の人生を生きさせてあげたいね。五年間だけでもいいから」。

私も立ち止まって自分の人生を振り返った。古い道徳の下で育った私は、夫を支え家族のために生きるのが女性の美徳だと信じて生きてきた。これからは自分のための人生も生きてみたい。時代と環境にめぐまれず勉学ができなかった私には、勉強したいことが山ほどもあった。放送大学も考えたが生活的に無理だった。私は英語の勉強を選んだ。一人で海外を歩けるようにと。

私は考えた、国籍、人種、宗教その他の文化が異なっても、人間の心、幸福感・不幸感は同じではないだろうか。東南アジア、中南米、アフリカ諸国などできびしい生活を強いられている人びとと接して、肌でそれを感じてみたい。そんな大それた思いを抱いて、英語の勉強を始めたのだったが、六一歳のとき本当に「瓢箪《ひょうたん》から駒《こま》が出た」ように三ヶ月間のスコットランド・エディンバラ留学となった。

留学に際して、友人のご主人が私の四つの原爆詩を英訳してくださり、その訳詩を持って私はエディンバラに行った。学校で先生がそれを読んだとき、ヒロシマの生存者を前にした教師や生徒たちは、まるで目の前に原爆が落ちたようなショックを受けた。

それを目の当たりにして私は自覚したのであった。言葉は通じなくても私がみんなの前に立つ、それだけで反核を訴えられるのだということを。ヒロシマは核の時代の出発点だったが、私自身の出発点でもあるということを。無謀にも英語力ゼロに近い六十一歳の主婦が、いきなり飛び込んだ英語学校だったが、ここでの三ヶ月が私の人生での唯一の学生生活であり、片言の英会話ができるようになった。修学後、私は先ず東西ドイツが統一されて間もないベルリンを訪れた。原爆被爆者として、二十世紀の大きな不幸のひとつであるベルリンの壁跡に自分の足で立ってみたかったからだ。

次いで、ユースホステルに泊まりながら二週間かけてヨーロッパ各地をひとり歩きした。このエディンバラ留学と海外ひとり歩きが、その後の私の人生の方向づけをしたといっても過言ではない。

エディンバラ留学から二年が過ぎた。父が亡くなった後の母との同居、それにともなう家の増改築、胃ガンの疑いがあるといわれた胃病の治療、一年間、台湾の女性メイチェンのわが家への受け入れ（彼女は十九歳のテニスの選手だった）等々、多忙な中で途切れがちではあったが、私は英語の勉強を続けていた。しかし努力のわりに効果は上がらなかった。そこへまた、留学のチャンスが訪れた。今度はニュージーランドであった。私が属していたあるサークルで、二週間のシルバー英語研修が計画されたのだった。

二週間では短いと思った私は、その後も一人残って他の学校に入り勉強を続けたいと思った。そのための準備をしていたとき、友人・平岡豊子さんが貴重なアドバイスをしてくださった。彼女が反核を訴えるために外国の大使館を含め、あちこちを歩いたとき、ニュージーランド大使が非常に反核に前向きだったと言い、広島について書いた私の随筆を徹夜で英訳して届けてくださったのである。

「これを持って、ぜひニュージーランド大使に会ってください」

私が東京の大使館を訪れると、大使は転勤が決まって帰国中だったが、「ニュージーランドではこの人に会うように」と一枚の名刺を秘書に託してくださっていた。記されていた名前は、ケイト・デュース。

ニュージーランドは南北二つの島からなる。その南島の都市クライストチャーチでの二週間の勉強中、学校の日本人事務職員ひとみさんにお願いして私はケイトを訪ねた。さわやかで、はつらつとしたケイトは、三人の子の母であり、核兵器の使用や威嚇《いかく》を世界法廷で問う運動をしていた。

この運動は、一九九六年になって、オランダ・ハーグの国際司法裁判所で、「国際的、特に人道的に違法」との勧告《かんこく》的意見を獲得することになる。

ひとみさんの通訳で私との話が終わったあと、「私の娘に会ってくださる？」とケイトが言った。

「娘は一四歳、あなたが被爆したときと同じ年齢です」

少女は私に抱きついて、声をあげて泣いた。

「学校で原爆の話を聞いたとき、幾晩も眠れませんでした」

その少女の後ろに立っていた髭《ひげ》の男性がいた。後にケイトの夫となったロバート・グリーンだった。つづいて私を抱きしめた彼の声もくぐもっていた。英語力のない私だったが、「私は英国人です。反核運動をしていますが、広島の生き残りに会ったのは初めてです」と言ったようであった。

私を抱きしめて泣いた二人、このとき私は、原爆の生き残りの何であるかを再び強く実感したのであった。言葉は通じなくてもいい、私がここに存在する、それだけで反核が訴えられるということを再認識したのであった。このときのニュージーランド滞在は二ヶ月以上となり、多くの友人たちとの出会いがあり、さまざまなことを学び、ニュージーランドは私の第二の故郷となっていった。

それには特に次の人たちの愛と支えがあってこそである。私を家族同然に受け入れてくださっている石堂良人、スーザン・ブーテレイ夫妻。スーザンはカンタベリー大学で日本語と日本文学を教えていて、母語同様に日本語を話し、私の通訳のほとんどを引受けてくれている。良人さんも同大学で教鞭をとっていたが、現在はヴァイオリンの会社を経営し、世界を飛び廻る忙しさの中、反核運動をしている。ケイト・デュース、ロバート・グリーン夫妻も家族同様となった。ケイトは私のことをジャパニーズマザーと呼び、彼らの家には私の部屋も用意されている。一時期彼女は国連の要職として多忙を極めていたにも拘らず、私の滞在中講演会や催しの企画、ときには送迎までしてくれている。ロバートは反核執筆家として活動をしている。また私の「平和の母」となった、国民的作家のエルシー・ロック。

「あなたは話さなければならない。書かなければならない。原爆は日本だけのことではありません。世界と地球の未来のことです。私たちは被爆者が語ることを継ぎ合わせてしか知ることができません。あなたたちが話さなければ、最も大事な事実が歴史の闇の中に消えてしまいます」。

初対面の小柄なエルシーの目が鋭く私の目を射《い》、心を貫いた。そして私は、生き残された者として痛いほどの使命感を覚えた。

以来、毎年ニュージーランドに足を運ぶとともに、私の被爆体験と四つの原爆詩を入れてスーザンが英訳したブックレットを作り、それを種のように撒《ま》きながら、私は「反核平和世界ひとり行脚」を始めたのであった。

ひとり旅なのは、体力のない私には団体に加わっての行動が無理なのと、経済力がなかったからであったが、このひとり行脚が同時に「生き残された者の使命」と一体となって多くの国々へと広がって行ったのであった。経済的には、政府から支給される原爆被爆者手当を貯えたものなので非常に貧乏旅行である。格安航空券、ユースホステル、学生寮や友人宅泊まり、自炊、移動はバスや列車など。総経費二〇万円止まりで三週間から一カ月の旅である。経費の半額は航空券代なので生活費は切りつめなければならないが、工夫も又楽しである。私は成田空港を離陸した瞬間、「日本人」から「ひとりの人間」になるよう心がけているので、異国での抵抗感が少ない。困るのは言葉の壁だが人間同志、最低のことは何とか通じるものだし、通じさせなければ前に進まない。また、貧乏旅行ならではのあたたかい触れ合いがあり旅を豊かにしてくれる。一九九九年、母を彼岸へ見送った私は、翌年（七〇歳）から数年間は海外行脚に生活の重点を置き、一年に九カ国を歩いた年もあった。（日本出国は三回。一回の出国で三カ国をまわる）

その中で特に印象に残っているものを挙げてみよう。一九九二年以来、二〇年あまり通ったニュージーランドのことが当然多い。

ニュージーランドは反核に徹した国である。アメリカの核搭載艦船の入港を、市民たちがボートに乗って抗議した。（たまたまこのとき友人宅に泊まっていた私は、友人の娘（一九歳）が乗るというボートに是非乗船したかったが、格安チケットは帰国便の変更ができなかった）、その後、政府は「反核法」を成立させて、国としての明確な反核姿勢を世界に向けて宣言した。

ある日、デイパックを肩に小旅行に出た私は、長距離バスの中で一六、七歳の少女と隣り合わせた。私は片言英語でニュージーランドの反核精神をたたえた。すると、彼女は言った。

「ありがとう。私もそれを誇りに思っています。でもそのために、アメリカだけでなくイギリス、フランスからも制裁を受けています。ニュージーランドは小さな国なので苦しいけれど、お金で心を売ることはできませんわ」

日本の少女が、偶然隣り合わせた外国人の旅行者にこのようなことが言えるだろうか？

シルバー英語研修での私のホームステイ先は、当時、養蜂業をしていたトレバーと妻のマーガレット宅であった。ある日トレバーが役員をしているライオンズクラブで話してほしいという。七、八〇人の紳士・淑女たちは、私とは縁の遠い富裕層で、正面のテーブルには立派な風貌の会長を中心に四、五人の役員、卓上には英国国旗とライオンのデザインの物々しい旗がずらりと並んでいる。緊張したのは、私よりも通訳のひとみさんだったようである。

話し終えると、どっと質問がきた。

「原子爆弾だと知っていたか？」

「被爆病は？」

「アメリカは補償をしたのか？」

「日本政府の対応は？」

「アメリカが補償しないとは、けしからん！」

「日本政府は、なぜ抗議しないのか？」他。

その間に会員同士で一寸した口論があった。パールハーバーに対する批判と、それと原爆とは違うぞという反論である。いずれにしても原爆投下は絶対悪だということに全員が賛同して議論は収まった。アメリカを批判した彼らの心の奥には、大戦後、朝鮮戦争やベトナム戦争で、ニュージーランドの青年たちを自国兵の楯にして戦わせたアメリカへの憤懣があったのではないだろうか。

クライストチャーチの後、北島のオークランドに滞在した際にも、私はアメリカ批判を聞かされた。博物館でボランティアをしている七〇代の男性はこう言った。「原爆投下一ヶ月後、進駐軍として私は山口（岩国）に駐在しました。一九歳でした。原爆の影響は大丈夫と言われましたが、東京から西へ派兵されたのはニュージーランドとオーストラリアの兵隊で、アメリカの兵は東へ行きました。駐在直後から連日広島に入りました。三二人の仲間のうち二〇人が二次被曝で帰国後亡くなりました。残る一二人は病気に耐えながらニュージーランド政府に被曝を認めるように訴えていますが、政府は認めません。子どもや孫への影響が心配です」

翌年ふたたび私が博物館を訪ねた際、彼は長期欠席しているとのことだった。

数年後、今度はクライストチャーチで同じような男性に会った。ケイト・デュース（前述）の友人・イアンである。イアンもまた岩国に駐在し毎日広島へ通った。広島の惨状は想像を絶するものであった。帰国後それを話しても誰一人信じてくれなかった。理解者が全くない孤独の中で、広島の記憶を抱きつづけながら、その後の人生を送ってきた。

「今日あなたに会って話し、やっと心が軽くなった。これで死ぬことができます」

私を抱きしめたイアンの思いが潮のように私の心に寄せてきた。イアンの訃報がケイトから入ってきたのは、私が日本に帰って間もないときであった。

一九九五年、オーストラリア国際PEN大会出席の際、私は当時のパース日本総領事館公使・今村吉宏さんの紹介で西オーストラリア新聞記者・ノーマンのインタビューを受けた。この記事は大会初日の新聞の一面に写真入りで掲載され、大会会場となったフリーマントルのホテルの従業員、宿泊客そして世界から集まったペンメンバーたちは、新聞記事の本人を目の前にして大変驚き、感動と反核の波がひろがっていった。またペン会議の平和委員会では急遽議題を変更し、私のブックレットを基にして「原爆」が論じられた。またこのブックレットはペンクラブの会報に掲載され世界へ発信されたという。

一五年後、ノーマンは記者生活最後の仕事として私を取材しに来日した。その記事は西オーストラリア新聞のみならず、市場の大きい香港最大手の英字新聞にも掲載され、退職後、彼は今度はプライベートで日本を訪れてくれた。

パースのジュニアハイスクールでは愕然としたことがあった。彼らが私を拒否しているのである。だが私が話しはじめると生徒たちの表情が緩み、涙する子らも出てきた。いつものように質問の時間に入ったが、その途端、会場が騒然となった。あとで、通訳のケリーが言った。

「さっきねブン、あなたに通訳しないことがあったの。質問の時間に入ったときに彼らが口ぐちに発言したのよ。『日本人も自分たちと同じ人間だった』って。彼らはあなたに会って、はじめて日本人を知り大きなショックを受けたの」

それを聞いて私の方がもっとショックを受けた。その学校は西オーストラリアの州都・パースのエリート校であった。彼らは祖父母や父母から、第二次世界大戦中の日本軍のことを聞いて育ったのであろう。

「でも今夜、みんなの家ではブンの話でもちきりでしょう。すばらしいことだわ。ブン、本当にありがとう」。親日家のケリーはそう言って涙ぐんだ。

フィンランドのヒロシマデイはヘルシンキのオペラハウス野外舞台で行われた。フィンランドでは多くの都市で毎年ヒロシマデイを行っているが、私の参加がメディアで報じられたためヘルシンキに多くの人々が集まった。野外舞台は湖に面した公園に向かって開かれているので市民たちはそのままトーロー流しに参加するが、トーローを手にした私は質問者たちに囲まれて身動きができない。

「私はアメリカからきた留学生ですが、是非アメリカへ行って話してください。自国の大学で私は平和活動をしていました。多くの友人たちがあなたを歓迎します。

訪米の際は私に知らせてください。すぐにアメリカの友人たちに連絡をとりますので」と熱心に語りかけ、フィンランドでの自分の下宿先とアメリカの両親の住所をメモしてくれた。

実は米国の大学からは三度招聘されたことがある。

一度目は一二月三一日だった。大家族の日本の主婦は大晦日には動けない。二度目は二月だった。現地は氷点下の寒さの厳しいところで体力的に無理と判断した。三度目は秋だったが、同地の高校でピストル乱射事件があった直後で私の宿泊先（教授宅かホテル）では安全だが、外出の際はボディガードを二人付けるという。「ブンにはいま死んで欲しくない」、友人のその忠告にしたがった。ある集会で若者たちと話した際、三、四人のアメリカ青年が口々に「教えてくださいい。我々は事実が知りたいのです」と真剣な眼差しで聞いてきた。私は話したいことが胸にあふれていたが、そのときは通訳がいなかった。このように言葉の壁にもどかしく思ったことは数え切れない。又すべての私の仕事が終わった日、ヒロシマデイを主催した市の職員（若い女性）から問われた言葉も忘れられない。

「アジアに日本という国はあるのですか？　星条旗の星の一つではないですか？」

小泉政権だった日本は、アメリカのイラク攻撃に即賛成していた。

私が歩いた海外の国々では日本への好感度は高く、日本人は愛されていた。しかしイラク攻撃即賛成以来、一度に評価が落ちてしまった。一人のアメリカ青年（前述の若者たちではない）が、漏らした言葉も痛かった。「本国では日本のことをアジア支局と言っています」。私が日本人を意識するのは、こうした「日本が恥ずかしい」と感じたときが多いのは何と悲しいことだろう。

二〇〇二年にはカナダのキングストンで催されたヒロシマデイに参加した。私を呼んでくれたのは主催者のひとりアレックス。彼は小児科医であり、大学で教鞭をとっていた初老の紳士で画家でもある。このヒロシマデイは子供たちが中心となって催される。プログラムを紹介すると、キングストン市長のメッセージ、広島市長のメッセージ、私の紹介、この日のために募集して集まった数十人の市民達たちのコーラス、私のスピーチと詩の朗読、ランタンセレモニー。

大人たちのプログラムが進む間に子どもたちはランタン作りをする。ひとりひとりが思い思いの絵やメッセージをかき、棒を組み立ててランタンを作る。太陽や樹、世界の子どもたちが手をつなぐ絵などとメッセージ。どれも明るく希望に溢れている。夕闇が迫る頃、大人たちのセレモニーが終わり、子どもたちは自作のランタンをそっと池に浮かべる。キングストンはオンタリオ湖を挟んでアメリカと面しているので、バカンスでやってきていた米国青年たちが、この催しに感動し私に話しかけてきたのも印象的であった。三週間の滞在中、トロント他六都市を私はひとり歩きした。

スウェーデンには四、五回行っただろうか。

アイルランドの長距離バスの中で会ったスウェーデン男性のアンダースは、帰国後「一九四五年のヒロシマをわすれるな」と書いたプラカードを作り、街をねり歩いたという。そしてチェルノブイリ原発事故のときは関心が高かった市民、特に若者たちが核に無関心になっていることに驚き、私の体験記をスウェーデン語の小冊子にして学校や市民に配るとともに、何度もスウェーデンに私を呼んで講演会を開いてくれた。

その小冊子を作るときに協力した「核戦争防止国際医師会議」の重鎮エバ。

彼女が住んでいる古都オーレブローでは毎年ヒロシマデイが催される。主催者はエバ。トーローの作り方が新聞に掲載され、市民たちはトーローを作りはじめる。エバの家にも数人が集まってトーロー作りをするが、ある夜は私の話を聞くための小集会も開かれた。

八月六日、日が暮れはじめる頃から催しが始まるが、控え目な照明に浮きあがる古城に添って流れる大きな川の両岸に、橋の上にと市民たちが集まってくる。街灯も少ない公園や街がすっかり闇に包まれる頃、クラシック音楽の生演奏の中を静かにトーローが流される。人口一〇数万人の小都市だが、この夜七万人以上の市民たちが集まったという。

また翌年、オーレブローの市民たちが作ったという千羽鶴をもって一人の青年が来日し、広島の八月六日、原爆記念式典に参列した。

スウェーデンでは主にハイスクールや市民たちの集まりで話したが、六年制のハイスクールでは前回会った学生たちが歓迎してくれたのもうれしかった。

講堂で私の話を聞いた後で、各クラスやグループに分かれて深く議論をする学校もあり、私は各クラスを廻ったが現・未来へ向けた彼らの情熱に感動した。

非常に残念だが日本にはそれがない。またニューショピング市役所に招聘されたときは市中心の広場に面した有名ホテルが私の宿泊の提供をしてくれたというが、日本ではそれもない。

次に、私が話してきた海外の学校や市民たちの集まりでの、会場からの質問と私の答えのいくつかをあげてみよう。

Q.「原爆によってブンの哲学は変わりましたか?」(ニュージーランド　十七歳少年)
A.「つらい経験でした。でもその中で私は極限状態にある人間のすばらしさをも見ることができました」
(難しい答えをしてしまったと私は後悔した。が、翌日受け取った彼の感想文には次のように書いてあった。『原爆の話は私に大きな衝撃と感動を与えました。その中で最も心を打ったのは、あの惨状のなかにあっても、人間のすばらしさを見たとおっしゃったことです。その一言で私の哲学は変わりました。私もブンのように、人間のすばらしさを、見つめてこれから生きていきます』)
Q.「もしあなたがプレジデントだったら、どうしましたか?」(スウェーデン大学生・男性)
A.「もし私がプレジデントだったら、原爆の全てを世界に公開したでしょう。そうしたら、核の恐ろしさを万人が知り、現在のような核の時代はこなかったでしょう」
Q.「あなたはアメリカ人を憎みますか?」　(スウェーデン高校生・女性)
(この質問はどこの国でも出る)
A.「いいえ、アメリカ人もスウェーデン人もみんな人間です。ひとりひとりの人間は憎みません。でも人間の上に原爆をおとしたことは許せません」
Q.「報復したいですか?」　(同じ学生)
A.「いいえ、憎しみや報復の中から平和は生まれないでしょう?」

Q.「ではアメリカが何をしたら、あなたは許せますか？」

（同じ学生）

A.「アメリカが率先して自国の核兵器を全て廃棄し、核廃絶を世界中に訴えたら、そのときは許せるかも知れません」

（そのときは許せるかも知れないと言ったとき、私は自分がアメリカを許していないことを覚った）

Q.「あれから六十三年経ちました。いまもあなたはアメリカに謝罪と償いを求めますか？」

（フランス　中年女性）

A.「原爆投下は、人類史が始まって以来最大の罪悪です。アメリカはその罪を認め、被爆者だけではなく全人類に謝罪するのが〝アメリカの良心〟ではないでしょうか？」

Q.「あなたの海外講演に関する一切の費用は、当然日本政府が出しているのでしょうね？」

（スウェーデン　高校生）

A.「いいえ。生活を切り詰め、格安チケット、ユースホステルや知りあった友人の家に泊まります」

ドイツでは国がプロジェクトを作り、ホロコーストの生存者をヨーロッパ各国へ派遣しているという。

Q.「被爆後の生活（衣食住）や街の復興も政府がやってくれたのでしょう？」

答えはノーである。それを聞いた会場からは一斉に日本政府に対する怒りの声があがる。またスウェーデンの大学生たちから「日本の市民たちはどう考えているのか？　特に若者たちは？」

という疑問が出されたのが印象深かった。

また彼らは、一様に「感動と生きる力を与えられた」と言うが、私自身、みんなから感動と力を与えられて、それが次の出発につながって行くのであった。

そしてまた彼らは問う、「どこからその力が湧《わ》くのですか?」

私を生かし、力を与えてくれているものは何だろう……

「一瞬」という単語がある。よく使われるが、本当の一瞬は瞬《また》き一つである。五歳のアメリカ人坊やが、どうしてもブンに原爆が落ちたその時の話を聞きたいと言う。

「セコンド? ミニットでしょう?」

「セコンドなの。ジュリアン、目をつむって、すぐ開いて。そしたら街が消えていて、私は全身にケガをしていたの」

「?!」

原爆が落ちたあの瞬間のことを話すのは難しい。次の詩で想像していただけるだろうか。

少年

ここから広島の郊外　夏草の茂る練兵場
午前八時一五分
少年はこんなに朝早くから昆虫でも探しにやってきたのだろうか

突然
一条の閃光が少年を貫いた　彼は一本の火柱となった
一瞬　炭素と化した少年は
焦土に大の字に横たわり
空洞の眼を大きく見開いて　天を睨んだ
空洞の口を大きく開いて　天に叫んだ
母を呼んだか　兄弟を　友を呼んだか　痛みの叫びか
一本の歯もない　一片の爪の白ささえない
からからに炭と焼かれた少年を　なおも天と地の炎熱が焦がしつづける

海外の国々では学ぶことが多々あるが、そのひとつに価値観の柔軟性がある。

例えばニュージーランドでは私を紹介された初対面の女性が「私の娘のハイスクールで話してくださる?」と、夜九時頃なのに先生に電話をし、学校では翌朝、二つの授業を私の講演に変更した。

スウェーデンでも同様に夜十時頃私の友人のエバ（前述）が、ハイスクールの先生に電話をし、通訳探しをして翌々日には全校生徒への講演会となった。

フランスの中学、オーストラリアの小学校では私の講演を聞きにきていた先生が、急遽、他学年の授業を私の講演会に変更した。

また行政の発想もユニークである。

スウェーデンの或る街では、広場を囲んで老人施設、幼稚園、小、中学校があり、それらがお互いに好影響を与え合っている。管理はシルバーたちだという。

他の街で紹介された一家の妻は第四子の産休中に大学に通っている。

早朝家を出る妻に代わって夫が三人の子どもたちを幼、小、中学校に連れて行く。私も同行したが、この街でも広場を囲んで幼・小・中学があるので広場を一周するだけで終わる。そして土曜日は、小、中の合同学習をするという。

産休が明けた妻は再び職場へ戻るが、学業を積んだために以前より上位の部門に就くことができる。政府は国民ひとりひとりが常に向上することを望んでいるそうだ。

またある都市では、痴呆症の老人ホームを見学させてもらった。

広い施設内には趣味の部屋（はた織り機もあった）、ゲームの部屋、廊下を曲がるごとに片隅に本棚と丸テーブル、テーブルの上には花。パンを焼く部屋もあり、パンやクッキー、手芸品など、彼らが作ったものを売る売店はグランドに向かって開かれていて、市民たちも買いにくる。

日当りのいい広いグランドでボール競技やゲームを楽しんでいる老人たち。月一回家族たちとのダンスパーティー、外出も自由のようだ。

「ここに戻られなくなったときは?」「路面電車など危険は?」

私の問いに施設長は明るく答えた。「街の人たちが見守っていますから」

フランスでは鉄道会社と大学がストライキをやっていて、大学での講演に私は行けなくなったことがある。鉄道駅のそばのホテルを用意されていた私は、毎日窓からデモ行進を眺めていた。それは、実に穏やかで、和やかな感じすらするものであった。大学生たちの要求の一つは、経済的に苦しい国立大学が企業と合資しようとしたことへの抗議だと云う。

「大学は未来への投資であり、企業人をつくるところではない」

また高校でも、大学生の行っているストライキは「自分たちの未来の問題だから」と、賛同して生徒たちが授業拒否をしていた。しかし自らが関心のあることには積極的に参加するようで、私の講演を聞くために他教室から椅子を持ってきたり、廊下に立って熱心に聞く姿に、私の方が励まされた。

ギリシャでもストライキ中の高校があり、授業拒否をしていたが、生徒たちは自由に登校し、グランドで競技などを楽しんでいた。しかし、ここでも彼らは原爆の話を聞くために講堂に大勢集ってきた。

またアテネ市役所庁舎正面の庭には大勢の小学生が、市長室を見上げて口ぐちに何かを訴えていた。彼らは「プールを作れ」「学校環境を良くしろ」などと要求しているという。それも度々やってくるという、授業放棄をしてである。

ノルウェーのオスロで私は、背後を銃弾テロに襲われたかと思ったほどのひどい転倒事故を起こしたが、その際学んだものは大きかった。北極圏のトロムソで開催された世界ペン大会に参加しての帰路だったが、すでに私は大会前の二週間余りを北欧で過ごしていた。スウェーデンでいくつかの講演会を終えた後、船でフィンランドへ渡り、ヘルシンキ・ヒロシマディ出席の際にお世話になったフィンランド人の友人宅に泊りながら、「ひとり行脚」をして過ごしていた。

オスロでは、反核の種まきをしながらノーベル平和賞受賞式の行われる市庁舎（実に美しい）をゆっくりと見学したり、美術館、博物館めぐりをしていた。

私が一つでも多くの博物館をと欲張ったのがいけなかった。元来健脚の私は飛ぶように早足で次の博物館へと向かっていた。

その日は北欧に来て初めての秋晴れのような晴天であった。私の目には強い太陽光が悪いので専用の眼鏡に変えようと、足を止めないでハンドバッグから取り出した時、目の前に大きな看板が迫った。咄嗟にそれを避けてグラスを掛け変えようとした途端、信号柱に額が激突、その反動で避けたばかりの看板に背中を打ちつけた。北欧の看板も電柱も鉄製なのか頑強である。私の背に銃弾音が発し、目に火花が飛び、額がむくむくと腫れあがるのを感じながら、私はその場にくずれて動けなくなり、呼吸すら困難になった。

二人のレスキュー隊員のきびきびとした処置、救急車の中での人間味溢れる対応のしかた、「あと〇〇分で病院に着きますよ。しっかりしてください」「あと〇〇分ですよ」「もうすぐ着きますよ」、私の手を握ってのあたたかい言葉にどれだけ励まされたことだろう。

「さあ病院に着きましたよ。もう大丈夫ですからね。ドクターがきます。安心してください」

もう一度私の手を強く握って励ましてくれて去って行った。

私は全身の激痛で目玉を動かすこともできない。じっと天井を見つめたまま考えた。『二度とこんなことがあってはならない。しかしこれはノルウェーの医療福祉について、身をもって学ぶチャンスかも知れない』

オスロでは、救急車はすべて一つの救急病院へ患者を届け、そこで処置、検査をし、その上で各専門のある病院へ移されるシステムのようである。

私は、胸椎粉砕、腰椎亀裂という重傷で、しばらく救急病院に入院した後、血尿があると云うことで泌尿科のある病院へ移った。病院では医師、ナース、技師、清掃の人たちに上下関係は全くなく、「この患者にいま何をなすべきかと」いう一点に集中して動いている。

救急病院では私の履いていた靴も、ドクターが脱がしてくれた。彼らは初対面のとき必ず自己紹介と握手からはじまる。

「私がドクターの○○です。あなたを少しでも楽にしてあげますよ」

「私は技師の○○です。あなたの検査をします。楽にしてください」

「私は清掃の○○です。あなたの部屋をクリーンにしますからね」

また「私はナースの○○です。何か口にしたほうがいいわ。リンゴ？　オレンジ？　細く切りましょうか？　ジュースにしてきましょうか？」などなどというように。

検査を終えて夜中に病室に戻っても、スープを温めてくれたり、夕食を気付かってくれるナースたち。各検査の際も病室の大きなベットごと運ばれるので私は寝たままでいい。十日間ぐらいの入院だっただろうか、その間私はノルウェーの福祉の在り方に感激して過した。帰国後四か月の療養生活に入り、軽癒《けいゆ》してからは、杖と車椅子を使って行脚をつづけた。「海外ひとり行脚」については後日ゆっくり書きたいと思っている。

二〇〇九年、オバマ米大統領が東京を訪れたとき、NGO「ピースボート」からお誘いをいただいて、被爆者数人が東京のアメリカ大使館へ行ったことがある。ちょうどオバマ大統領の「プラハ宣言」で日本も湧いていた時期だった。大統領に会うことは無理だろうと思った私は、私の被爆体験と原爆詩（英訳）の入った葉書大のブックレットに、友人に英訳してもらった短い手紙を添えて、大使館の人に渡した。機内ででも大統領が目を通してくだされば良いとの思いからだった。

「プラハ宣言で、人間の上に初めて核兵器を使った道義的責任に触れたことは、歴代の米国大統領としてはあなたが初めてで、評価します。ただ核の廃絶は兵器だけではなく原発を含めてほしい。私は将来原発が人類を滅ぼすと思っています」と書いた。

私がまだ鎌倉に住んでいた頃だから、今から二十年以上も前だろうか、被爆後の長崎で撮った「焼き場に立つ少年」で有名になった、カメラマンのジョー・オダネルの訪問を受けたことがある。友人、平岡豊子さんの紹介だった。

オダネルは米国の従軍カメラマンとして終戦直後の日本に上陸し、長崎に入った。彼は廃墟と化した浦上天主堂の丘に立ち、市内を見下ろして、「おお神様、われわれはなんとひどいことをしてしまったのでしょう」とつぶやいたそうである。まだ私の母が健在で、母は広島で原爆死をした七歳の息子（私の弟・英雄）のことを熱心にオダネルに話した。母がこんなに一生懸命に原爆のことを、しかも初対面の大きなアメリカ人男性に話すのを、私は初めて聞いた。オダネルも長崎での辛い体験を涙ながらに語ってくれた。話は尽きなかったが時間も経ち、原爆の話が一段落したとき、私がオダネルに言った言葉がカセットテープに残っている。

「原爆だけではありませんね、原発もありますから。核は世界中の問題ですね」

二〇一〇年二月、アルジェリアでフランスの核実験影響国際会議があり、私は被爆者代表として出席することになっていた。この会議の窓口になったのは、フランス核実験問題に詳しい真下《ましも》俊樹《としき》さんで、広島の被爆二世で原発反対運動を続けている木原省治《きはらしょうじ》さんも同行することになっていた。しかし寸前になって不都合が起こり、残念ながら出席を取り止めることになった。以来私たち二人は大変親しい友人同志となった。

話が前後するが四〇年ほど前、東海村原子力発電所の見学に行ったことがある。

先ず敷地内への門に入った途端、私は恐怖に近い拒絶感に襲われた。行き届いた松の手入れ、ゴミひとつない庭に異常なものを感じながら施設内へと案内され、最後にガラス張りの広いコンピューター室を、ガラスの外側から見学したが、所内のどこも塵すらないほどの清潔さであった。当時原発に関する知識がほとんどなかった私は、ここまで神経を使いながら稼働しているものへの恐怖をもったのだった。

広い敷地内に倉庫が三棟あった。

「あの倉庫は?」

「軽濃度の廃棄物倉庫です」

「中を見せていただけますか?」

二つの倉庫は一杯になったと言って、三つ目の倉庫の扉を開けてくれた。ドラム缶が積み上げられていて、すでに倉庫の半分を占めていた。

(日本の狭い国土は、そのうちドラム缶で一杯になるだろう)、そう思いながら私は質問を続けた。

「高濃度の廃棄物はどこにあるのですか?」

「強度なガラス瓶に詰め、金属で囲って、海底に保管します」

次の疑問を私は自分の中に呑み込んだ。

(海水による錆は?　地震国の日本は、耐えられるのか?)

海に案内してもらった。施設から大量の水が勢いよく海へ流れ込んでいる。

(これも汚染水に違いない)

昼食は大洗海岸の海鮮料理だったが、新鮮な刺身の盛り合わせなどにも、私は一箸も手がつけられなかった。

フクシマ以来、日本は急速に私が危惧したとおりになってきている。従来の汚染廃棄物の上に、事故後の汚染水・汚染廃棄物は日々増えつづけ、これから原発の廃炉もある。そして、それは現在・未来にわたって地球全体の問題でもあるのだ。その上、残留放射線、内部被曝という大きな問題もある。

国際的にはオバマ大統領のプラハ発言や、これまでの反核運動の高まりもあって多少の核弾頭の削減もあったが、新技術の研究が続き現在も核保有国は地球を何度も壊滅できるほどの核兵器を持ちつづけている。またスリーマイル島、チェルノブイリ、そしてフクシマと原発事故を重ねたにもかかわらず、原子力発電所の建設は世界に増えつづけている。

広島・長崎を経験した日本が、狭い国土に原発を乱立させたうえに、フクシマ後も政府と原発企業は海外に原発を輸出しようとしているし、一部には核兵器保有の願望すらあると聞く。本当に恥ずかしい限りである。

このように原爆・原発を持った私たちは、空を海を大地を汚しつづけ、未来世代へ負の遺産を残しつづけている。

## 28　フクシマと内部被曝

二〇一一年三月一一日、東日本大震災が起こり、続いて福島第一原発一号機から四号機のすべてが爆発した。原発事故としては国際評価尺度で最も深刻な「レベル7」。これは一九八六年のチェルノブイリ原発事故に匹敵するものである。福島は世界の「フクシマ」となってしまった。

原発爆発の翌日、知人のフランス人夫妻から「私たちの家へ避難していらっしゃい」と電話が入り、次の日、今度はニュージーランドの友人からの誘い、同じ日に北京に住んでいる息子からの電話があった。しかし私は執筆中だった原稿を持って、東京の町田市から広島へ向かった。最終章は核の原点、広島の地に立って、という思いからであった。

車中、私の心は押しつぶされていた。〈取り返しのつかないことになってしまった〉〈日本だけではない。世界と地球の未来に及ぶことだ〉〈次世代へ重いバトンを渡すことになってしまった〉。胸が切り裂かれそうな痛みを覚えながら、その底に〈正直に告げると〉〝日本は二度目の事故が起こらないと目醒めないのではなかろうか？〟〝その時は日本が住めない国になるのだが〟という不遜な「感」がうごめいていた。

この時の広島滞在は四〇日に亘った。連日私は多忙であった。集会、インタビュー、ＤＶＤ撮影他、その中で特に印象的だったのはフランスのTV、ラジオ、新聞、情報誌などの取材の熱心さであった。最初の一組を案内し、通訳として広島に来てくださったのは、前述（アルジェリア国際会議）の真下俊樹さんであった。私の原爆体験記がフランスで出版されていたこともあるだろう。

彼らの質問の第一は決まって「ヒロシマのヒバクシャとして、フクシマをどう思いますか？」だった。

「ヒロシマもフクシマも、もう元には戻りません。フクシマは大きな犠牲となりました。原発は事故が起きたら人間の手で収束できないということが、はっきりと分かったと思います。世界の指導者たちは目を大きく開けてフクシマを見、フクシマから学んで欲しい」

あるラジオ局の一組は、朝東京に着き、インタビューの場所と時間を決める電話をしてきたが、私が広島にいることを知ってそのまま広島までやってきて、夜八時半頃からのインタビューになった。

彼らは私の被爆体験を熱心に訊ねたあと

Q．あなたは原爆と原発は同じものだと思いますか？

A．同じです。

Q．でも原爆は人を殺す兵器ですが、原発は平和のためのクリーン・エネルギーです。

A．作る過程は同じですし、放射線を出すことも同じです。原発はプルトニウムを作ります。長崎に投下されたのはプルトニウム原爆ですね。プルトニウム欲しさの原発。ヒバクシャにされた私には、そのようにも思われるのですが。
Q．そんなに悪いものをなぜ作るのでしょう？
A．軍産企業と為政者の利権欲ではないですか？

インタビューは夜中の一二時を過ぎても終わろうとしなかった。私は疲れ果て、こう言った、「私には三人の息子がいます。口には出さなかったと思いますが、子育て中ずっと私が望んでいたことがあります。〝お金と名声と権力を求めたとき、人間は堕落する。そういう人間にはなってほしくない〟と。しかし、いまでは個人だけでなく、国、特に先進国がそうなってしまっています」

するとと彼らは〈やあ、参った〉という風に、ひっくり返って見せて終わりにした。


三・一一以来、原発への依存度を見直す動きも現れていて、太陽光、風力、地熱、天然ガス他の発電がすすめられているが、私は全面的には賛成できない。それらを稼働させるには大きな自然破壊を伴うからである。日本では不農地や工場の跡地に太陽光パネルが敷かれつつあるが、覆われた土地は死なないのだろうか。

石油は涸渇するだろう。いま注目されているシェールガス。私たちは自分が生存している地球の内部をも破壊することにならないだろうか。近年頻発するアジア・太平洋地域の地震や津波は、南太平洋での原・水爆実験にも起因しているのではないかと、私は思っている。その他地球上のさまざまな問題も含めて、人間は、「常に変遷している地球」上のひとつの生命として、自然と共存する英知を求めなければならないと私は思っている。

核か地球温暖化か、私たちを亡ぼすのは…。世界の指導者たちに英知があるならば、目先の利権で競うのではなく「常に変遷している地球」上のひとつの生命体として、いかに自然と共存するかを求めるべきではないだろうか。

フクシマ以来、内部被曝や放射能汚染について広く関心がもたれるようになった。私も含めて原爆被爆者とは正に内部被曝と放射能汚染を背負って生きている人間なのである。この本はそうした一人が書いたものであり、至るところに心身の苦痛が表現されていると思う。

重複になるが私や家族、近隣の人は重傷の体を、瓦礫の上に四本棒を立て焼け残ったトタンを乗せただけの壁も床もないバラックに身を寄せあって夜露を凌ぎ、草を食べ雨水を飲んで生きた。草が生えるまでは何を口にしていたのか誰も覚えていない。川に身を潜めて衣類を脱いで洗い、それを固く絞って着て乾かし、瓦礫の上を裸足で歩いての生活であった。しかし誰も何の愚痴もこぼさなかった。重傷も自然治癒、私たちの地域には、おにぎり一つ届かなかったし、もちろん政府からの援助は全くなかった。

壁のあるバラックに移り、そして被爆から一、二年経った頃だろうか、私たちはやっと家らしい家を建てて住みついた。この家も家族みんなの手作りであった。その頃には少しずつ救援物資も届くようになっていたが、父は畑作りを始めた。今思うと放射能のせいだろう、瓦礫を除いただけの荒れ地に驚くほどの収穫があった。私たちはそれを食べて生活をした。板切れと布で下駄も作った。

ここで、その後の私の病歴を辿ってみよう。

被爆後の私の病歴

**一九四五年八月六日**

（十四歳）爆心地から一．六キロメートル地点で被爆。全身にガラスの破片を浴び、特に右耳上の血管が切れたらしく大量出血、瀕死状態となる。

翌朝ひどい下痢、数日後急性原爆症状（高熱、下痢、鼻・歯茎からの出血、下血、紫斑、脱毛、全身の激痛他）。何日続いたか覚えていないが、死が迫っていることを自覚しながら苦しむ。

その後も常時下痢、頻繁な鼻血が続き、それは成人になっても治らなかった。

又、被爆の際の大量出血のためか常に浮遊感があった。

秋には初潮があったと喜んでいたが、これは原爆による血液異状だったと今では信じている。月経は閉経（五十三歳だったと思う）まで不順であり、大量出血であった。

**一九四七年**　勤務先の検診で白内障と乱視があると診断される。また、被爆後三～四年間毎年夏になると高熱とひどい下痢で入退院を繰り返す。また、ひどい口唇炎に罹り、上下唇が傷と化膿でカサブタになり食事も不自由、傷みで夜も熟睡出来なくなる。この状態が二十四歳まで続く。あらゆる病院へ行ったが原因不明、治療方法なしと診断される。

二十四歳のとき東京逓信病院で、当時研究中だったエリテマトーデスではないかといわれ、コーチゾン（ステロイド）治療で軽癒するが、入院中にＡＣＴＨの注射のショックで死に直面する。そして継続治療のため上京し六〇歳過ぎまで通院治療をする。

一九六一年（三〇歳）結婚。

一九六二年　初子胎内死亡。

一九六四年　長男出産。出産後出血が止まらず危険状態となる。

一九六七年（三十六歳）二男　普通分娩

一九七〇年　三男　帝王切開も考えられたが、普通分娩出来る。現在のところ、息子二人と孫四人は健康。強いて言えば、二男が小児喘息となり成人後まで続く。

一九八一年　（五〇歳）胆嚢と盲腸摘出。その後、胃の中が出血・充血し四～五年胃カメラ検診と治療。

一九九六年　（六十五歳）原爆白内障手術。しばらくして視力が落ち、両眼にそれぞれ三〇ヶ所ずつレーザーで穴を開けて現在に至るが、後遺症のため今も通院中。ドライアイと緑内障も加わる。

二〇〇三年　（七十二歳）反核行脚中ノルウェーのオスロで転倒事故。胸椎・腰椎圧迫骨折（粉砕圧迫）。骨量は通常の二分の一になった。以来、肋骨や鎖骨の骨折は日常茶飯事のようになった。又、下痢が始まり一年ちかく続く。赤斑が手足に出る（サルコイドーシス初期症状）。卵巣肥大（ガンの疑い）

二〇〇四年　（七十三歳）大腸がん摘出。以後、毎年内視鏡検査を続けている。また、サルコイドーシス（全身病）と診断される。皮膚に赤斑が現れているだけだが、体内に移行すると入院。ステロイド治療で生命をつなぐことになるという。また目にも症状が現れると云われ、皮膚科と眼科で定期検診。

二〇〇五年　（七十四歳）味盲になる。鉄分と亜鉛欠乏の由。三～四年通院治療。

二〇〇九年（七十八歳）左耳突発性難聴　不治。

大腸ガン検査のために服用したビジクリアによる薬害で急性腎ぞう機能障害。以来慢性腎不全となる。ガンに移行性の大腸腺腫三個摘出。

二〇一〇年（七十九歳）大腸腺腫三個摘出。右耳突発性難聴　不治。

二〇一一年（八〇歳）甲状腺腫　右乳管内乳頭腫。一過性脳虚血発作。　結膜弛緩症手術。

二〇一二年（八十一歳）大腸腺腫摘出。

二〇一三年（八十二歳）緑内障。

二〇一四年（八十三歳）急性咽喉頭炎（真菌）入院。大腸腺腫ＥＭＲ後フォロー入院。

二〇一五年（八十四歳）過換気性症候群　緊急入院。眼瞼内反症手術（皮膚切開法）。

右記のほか、原爆ぶらぶら病、血流異状、リュウマチ、変形性頸椎症、変形性膝関節炎、骨粗しょう症、紫外線障害他、被爆以来一日として健康体だったことはない。またあの日から七〇年経た後まで、時々親指で押した大きさの紫斑が足に表れる。無痛で、数週間経つと、いつの間にか消える。現在は週二回のリハビリ、週一のヘルパーさんのお世話になっている。

以上のような健康状態なのに私は一見、元気で明るく幸せそうに見えるようだ。それはどんな辛い時にも〝あの時より幸せだ〟と思う原点があるからかも知れない。何よりも、生きてこられたのだから。

私は身体に異状があると内部被曝のせい？　と思うのが常となっているが、二男が幼い時に腎盂炎→腎臓病→喘息となり長年苦しんだ時には私は自分を責めつづけた。三男は、医師が首を傾けたり、身体に異変があったとき〝被爆二世だから？〟と思うようである。内部被曝の恐ろしさは、そうした心の内部を傷つけつづけていることではないだろうか。

最近、新しく認識し又驚いたことがある。昨年夫が亡くなった。自分の意のままに生き、不摂生な生活をしてきた彼は加齢とともに幾つもの病気に患り入退院を繰り返しながら、最後はミイラのように痩せて逝った。体格のいい人でもなかったのに、その遺骨の量の多さと、しっかりしているのに私は驚いたのであった。私は今まで伯父、祖父母、父や母を見送ってきたが、みんなの遺骨は触れると崩れる脆さであり量も少なかった。第一体形すらおぼろであった。放射能に犯された骨。被爆者は、さまざまな病気だけでなく、そんな骨で生き抜いてきたのであったし、又生き抜いているのである。

福島原発事故のあと、日本政府と東京電力は放射能の除染作業を始めた。建物の屋根や庭を洗う、幼稚園の園庭や学校の校庭の表面を削る。畠にひまわりの種を撒く他、連日のそれらの報道を見ながら私は考えていた。山林は？　水は？　野生生物、そして渡り鳥や海水、大気による地球汚染は？　日々増える放射能汚染廃棄物、汚染水の処理は？　また廃炉という巨大廃棄物、福島原発だけではなく耐用年数を過ぎた原発は、これから次々と廃炉になっていくのである。

二〇世紀から二一世紀へと生きてきた私たち人間は、すでに核実験によって空を海を大地を汚してきた。その上にスリーマイル、チェルノブイリ、フクシマと原発大事故を起こしてしまった。それなのに現在なお多くの原爆を持ちつづけ、原発は増え続けている。高濃度放射性廃棄物の放射能半減期は数十億年先とも云われているので、永遠に無にはならないであろう。

核を持ちつづけている私たちは、未来への責任を負っていることを強く心に刻んで生きて行かなければならないのではなかろうか。

## 跋文　橋爪文さんと蒼い月

原発はごめんだヒロシマ市民の会　木原省治

橋爪文さんは私のことを「省ちゃん」と呼び、私は「文さん」と呼ぶ。「広島の息子」と紹介されることもある。

私の両親と母方の祖父母、二人の姉が広島で被爆した。爆心地近くに住んでいた祖父母は即死であった。

すぐ上の姉は一九四六年二月生まれの胎内被爆である。私は原爆から四年後に生まれた被爆二世である。私が四歳の時、父親が急死した。背中から腕にかけて大やけどをしていた母だが、母は三人の子どもを抱えて、たいへんな苦労をしながら私たちを育ててくれた。すでに母も胎内被爆の姉も亡くなった。だから文さんと会うと、どうしても母の面影と重なりあう。

これまでたくさんの被爆体験記を読んだし、体験談を聞いた。それらの体験の多くは、悲惨な地獄絵に終始する。もちろん悲惨なのは事実だが、それだけでは聞かされた私は、ただ頭を下げるしかない。

しかし文さんのものには、その中にあって生身の人間としての苦しみとともに、生活の中で感じたちょっとしたところに生きる工夫があり、楽しみがあり、生きる上での知恵を感じ、また本人は直接告白されてはいないが、たぶんこれは恋だなあーと思われる場面もある。そして心身ともに苦しい状況の中にあっても、希望を持って生きなければという決心のようなものを受け取る。

本の題名も以外とすんなりと「8月6日の蒼い月」と決まったが、あの中にあっても蒼い月が励ましてくれたのだろうか。

本能として持っている詩人としての感性だろうか、人や自然、未来に対する洞察力には凄まじいものがある。しかしその根底には、常に優しさが流れている。

昨年三月末現在、被爆者健康手帳を持っている被爆者の数は約十七万四千人となった。逆に原爆慰霊碑に奉納されている過去帳に記されている被爆者は、三十万人を超えた。

今年は原爆投下から七十二年、七十年の時には「節目」といわれ、昨年、現職の大統領としては初めてとなるオバマ米大統領が平和公園を訪れた時は、「区切り」といわれた。

しかし、日本政府の「原爆投下などまるで無かった」かのように、戦争への道を歩もうとする姿を見ていると、ヒロシマを「節目」として「区切り」としてよいのだろうかと、つくづくと感じる。

そんな中で、生き残っている被爆者として文さんの中に「伝えておかなければならない」「残しておかなければ！」という気持ちが強く働いたのだろう。その気持ちが、書くことのエネルギーになったのだと思っている。

「ヒロシマの在るこの国に生きた者」として、多くの人に読んで貰いたい。そしてみんなが「蒼い月」を持って欲しいと思っている。

# あとがき

「どうして?」「何故?」　幼いときから考える子であった私が、十四歳という多感な思春期に原爆被爆したことは定《さだめ》だったのでしょうか。あの日から生死の狭間を生き抜きながら、さまざまなことを感じ、考え続けて現在に至りました。

私の場合、時代と環境その上に原爆被爆のために、学校教育を受けたのは九歳ぐらいまでではないでしょうか。読み、書き、計算のみと言っても過言ではありません。後はすべての経験から自身で学んだことになります。

その中で原爆被爆という体験は私を究極に近い「考える人間」にしました。悲惨のるつぼで見た生と死。それは戦争という概念を超えた異次元の光景でした。

『何故こんなことに?』

『いのちとは?』

しかしまた死に直面しながらも助けられ、その後も病苦と生活苦の中を八六歳の現在まで生きてこられた生命の源泉も被爆にありました。

本文中で触れましたが、あの悲惨のなかにあって〈極限状態にある人間のすばらしさ〉をも知ることができました。

また見渡す限り瓦礫の原子野に沈む夕陽が呼び覚ましてくれた〈生きていることへの痛いほどの感動〉、一灯もない死の闇の街に降りそそぐ満天の星など、人間は自然界の流れの中の微かで貴い生命であることを実感しながら生きてきました。

そのせいか人を信じ、自然体で生きることに私は安らぎを覚えるようになりました。

また近年の十数年間を私は「反核・平和海外ひとり行脚」をして過ごしてきました。「ヒロシマを流れる太田川は太平洋へ注ぐ、私たちの街を流れるエイボン川も太平洋へと注ぐ。同じ太平洋へ流れる川をもつ私たちは、ヒロシマと同じ思いで反核を訴えよう」これはニュージーランドのクライストチャーチで開催された「ヒロシマディ」の中で発せられたメッセージです。

私はこのメッセージに深く感動しました。海は世界中をつないでいますし、生命は水から生まれました。

人間同士の触れ合いに心をあたためられながら自然、環境、文化、風俗、国民性、宗教や政治などなどを自分なりに感知し、考えることも次のステップに導かれた要因だと思います。そうした経験の中からも大きく学ぶものがありました。それは地球上の平和共存です。「愛」です。

十四歳のときの、あの日から「どのようにしたら？」と私が問い続けて来たことへの現時点での到達点です。

地球上に置かれたその国々（国境線は人間が引いたものですが）の国土や環境によって国民性、文化、価値観などが培われてきたのではないでしょうか。地球上の平和共存を求めるならば、先ず人種差別ほか一切の差別を無くし、それぞれ異なる国民性、文化などを認め合い、地球人間としての広い見地から地球の未来を拓いて行く以外にないのではないでしょうか。個性の違う者たちで家族、地域社会、そして国を形成している私たちにそれができない筈はありません。民族・宗教・報復の連鎖、イデオロギーや利権などで紛争を起こすのは前時代的ではないでしょうか。特に核依存は人類を滅ぼすことになります。

海外ひとり行脚中、あなたの力はどこから湧くのですか？　と問いつづけられてきた私は、最近やっとその答えが見えてきました。

原爆で亡くなった幾多の人々、いまなお原爆病に苦しむ人々、そして反核を求めている人々の願いが私を支えてくださっているのは勿論ですが、このちからは〝未来のいのち〟が与えてくれているのではないかと感じるのです。未来を生きる人間、地球、宇宙から与えられているのではないでしょうか。

紛争につづく紛争そして避難民、保守主義の台頭など世界が調和と友愛の理念から急速に遠ざかって行く近年です。平和憲法をもつ日本までが戦える国になろうとしています。

そんな中にあって、跋文を書いて下さり、装丁カバーの原爆ドームの写真を提供して下さった木原省治さんは、被爆二世として国の内外での講演、執筆など多様な活動に追われながらも、この本の出版に至るまでの相談、パソコンへの打ち込み、校正他すべてを一手に引き受けてくださいました。心からお礼を申し上げます。

また、非戦と平和を訴え続け、広く市民たちの声を吸い上げる文芸誌「コールサック（石炭袋）」を発行していらっしゃる鈴木比佐雄代表とスタッフの皆様が、今回はこの本の出版を手掛けて下さいました。心よりお礼を申し上げます。

二〇一七年　夏　　橋爪文

# 希望

ひろい宇宙の中の
ひとつの星　地球
宇宙から見ると国境はない
緑の大地と青い海と
そこに生きるもののぬくもり

はるかな未来
私たちは知るでしょう
豊かな自然とやさしい生命を
痛みをわかち合い
共に生きるよろこびを

はるかな未来
私たちは会うでしょう
美しく輝く新しい星たちと

石炭袋


橋爪文 エッセイ集『8月6日の蒼い月
——爆心地一・六kmの被爆少女が世界に伝えたいこと』

2017年8月6日　初版発行
著者　橋爪　文
編集・発行者　鈴木比佐雄
発行所　株式会社 コールサック社
〒173-0004　東京都板橋区板橋2-63-4-209
電話 03-5944-3258　FAX 03-5944-3238
suzuki@coal-sack.com　http://www.coal-sack.com

郵便振替　00180-4-741802
印刷管理　（株）コールサック社　製作部

＊装丁　奥川はるみ　＊カバーの原爆ドーム写真　木原省治

落丁本・乱丁本はお取り替えいたします。
ISBN978-4-86435-300-7　C1095　¥1500E